冰心儿童图书奖获奖作家作品

何葆国/著

# 荣誉的失落

中国书籍出版社
China Book Press

图书在版编目（CIP）数据

荣誉的失落/何葆国著.—北京：中国书籍出版社，2018.3
ISBN 978-7-5068-6816-7

Ⅰ.①荣… Ⅱ.①何… Ⅲ.①小小说—小说集—中国—当代 Ⅳ.①I247.82

中国版本图书馆CIP数据核字（2018）第062732号

## 荣誉的失落

何葆国 著

| 丛书策划 | 牛 超 蓝文书华 |
| --- | --- |
| 责任编辑 | 成晓春 |
| 责任印制 | 孙马飞 马 芝 |
| 封面设计 | 天下装帧设计 |
| 出版发行 | 中国书籍出版社 |
| 地　　址 | 北京市丰台区三路居路97号（邮编：100073） |
| 电　　话 | （010）52257143（总编室） （010）52257140（发行部） |
| 电子出箱 | eo@chinabp.com.cn |
| 经　　销 | 全国新华书店 |
| 印　　刷 | 北京一步飞印刷有限公司 |
| 开　　本 | 710毫米×1000毫米 1/16 |
| 字　　数 | 210千字 |
| 印　　张 | 11 |
| 版　　次 | 2018年6月第1版 2018年6月第1次印刷 |
| 书　　号 | ISBN 978-7-5068-6816-7 |
| 定　　价 | 32.00元 |

版权所有 翻印必究

# 目录
CONTENTS

会跑的布娃娃……001

病……004

与贼同行……006

女儿的心……010

荣誉的失落……012

逃　学……014

老师·学生……016

命运敲门声……018

反　抗……021

八月盛宴……024

他会回来……027

丢　失……031

转　椅……034

数字化生存……037

现在几点了？……039

儿子要回来……041

坐升降机的猪崽……044

极度惊吓……047

苏老板的手提包……050

我爷爷一生的三个片断……054

贺年片 ……………………………………… 058

冰　棒 ……………………………………… 061

他和他的遗像 ……………………………… 064

谦　虚 ……………………………………… 066

钱教导 ……………………………………… 068

白痴天才 …………………………………… 070

熟人不行生分礼 …………………………… 072

她嫁给了一个瞎子 ………………………… 074

几十年如一日 ……………………………… 079

绰　号 ……………………………………… 082

密码与保险 ………………………………… 085

免费午餐 …………………………………… 087

边走边说 …………………………………… 090

百年论战 …………………………………… 093

像我的人 …………………………………… 095

我丢了 ……………………………………… 098

为老昌坐几年牢 …………………………… 100

梦游做贼 …………………………………… 104

邪　树 ……………………………………… 107

公厕轶事 …………………………………… 110

春天里的劳动 ……………………………… 112

擦　鞋 ……………………………………… 114

电话杀手 …………………………………… 116

球仔圆头 …………………………………… 119

秀水婆 ……………………………………… 121

| | |
|---|---|
| 哑巴的儿子 | 123 |
| 康师傅 | 126 |
| 老同学三题 | 128 |
| 客子娟 | 132 |
| 避　祸 | 134 |
| 尴　尬 | 137 |
| 都是捡来的 | 139 |
| 查无此人 | 141 |
| 该死的助听器 | 144 |
| 纪念品 | 146 |
| 网上的爱情 | 148 |
| 讨债记 | 150 |
| 骂人更值钱 | 152 |
| 世象快递二题 | 154 |
| 夫妻气象学 | 156 |

# 会跑的布娃娃

小燕有一只矮她一头的布娃娃，布娃娃的屁股上有个小开关，只要一打它，它就会咿咿呜呜地哭起来。两年前，小燕三岁生日时，妈妈为她买了这个布娃娃，当时它跟小燕长得一样高，小燕很爱它，从来不舍得打它。

去年十月，小燕的爸爸和妈妈吵架吵得很厉害，就离婚了。小燕听说妈妈到一个叫做"美"的很远的国家去了，她跟爸爸一起过。爸爸在工厂里上班，每天回家都是皱着眉头苦着脸，小燕看了就很害怕。不久，爸爸上两天班，就要在家里歇好几天，他一个人在家里喝着酒，喝得满脸红扑扑，常常抓住小燕打屁股。开头小燕还哭，渐渐她就不哭了。她忍着疼痛，回到自己的小房间里，抓起布娃娃，摁在床上就打它的屁股。布娃娃发出一阵阵哭声，好像是在求饶说："别打了别打了，我再也不敢啦。"小燕打得手酸了，才停下手来，她感觉到心里好受多了。这样，小燕就养成一种习惯，只要爸爸一打她，她就回房间来打布娃娃。

这一天中午，爸爸从厂里回来，嘴里呼着酒气，走路摇摇晃晃的。他一进门就叫小燕拿拖鞋过来，小燕动作慢了一点，他伸手就在小燕的屁股上打了两下，说："去死呀！"小燕痛得不敢叫，眼泪汪汪的，快要掉下来了。爸爸倒在沙发上呼呼睡着了。小燕跑进房间里，抓起布娃娃，狠狠地打。布娃娃的哭声一声比一声高，小燕一边打一边说："看你还乖不乖？乖不乖？"布娃娃哭得上气不接下气，好像脸都肿起来了。它的哭声越来越难听，干号一样拖着腔，渐渐哭不出来，原来是没电池了。小燕把布娃娃扔在地上，模仿爸爸的声音说："去死呀！"然后又学着爸爸的样子，背着手，气咻咻地走出房间。

小燕一个人在家门口玩了好久，她不想再玩下去了，就回到房间里。这时，她发现地上的布娃娃不见了，四处找起来，还是找不到。她想，布娃娃一定是被她打得太痛，受不了，跑了。这样想着，小燕就很难过，呜咽着说："布娃娃，你跑到哪里去了？我再也不打你了，你回来吧！"小燕在家里四处找了一遍，走出家门继续寻找。

小燕的爸爸在沙发上睡了一觉，醒来后发现小燕不在家里，就出门向邻居打听有没有看见小燕。邻居一个十岁的男孩告诉他："小燕说她的布娃娃跑了，她到街上找布娃娃去了。"小燕的爸爸叹了一声，心里想，这孩子真是的，布娃娃怎么会跑呢？准是你自己想跑到街上玩，看我回来怎么收拾你！小燕的爸爸到附近几条街道找了一遍，没有找到小燕。天渐渐黑了，他感到了一些不安，返身跑回家里，小燕还没回来。他不得不上街继续寻找，找了一夜，还是没找到。他回家找那只布娃娃，居然也没找到，果真布娃娃是跑了？小燕找布娃娃去了？他越发感到不安了，心里直懊悔不该打小燕。

第二天，小燕的爸爸到派出所报了案。有人给他出主意，让他到电视台做个寻人广告。这样，小燕的爸爸就上了电视，他含着眼泪说："小燕，你跑到哪里去了？我再也不打你了，你快回来吧！"他手上抱着一只新买来的布娃娃，"你看，你的布娃娃也在等着你呢！"

第三天，一大早，咚咚的敲门声就响了起来，开门一看，小燕的爸爸愣住了，警察阿姨正拉着小燕的手站在门口，小燕怀里还抱着她的布娃娃。小燕被打扮得漂漂亮亮，连布娃娃都换了一身新衣服。爸爸猛地将小燕抱在怀里。

回家了，小燕很高兴，但更让小燕高兴的是，从电话里听到了妈妈的声音，妈妈说只要小燕乖，过年妈妈就回来看小燕。

晚上，躺在自己床上，小燕甜甜地睡着了，两个布娃娃安安静静地陪在枕头边。

小燕和爸爸都不知道，夜深人静的时候，两个布娃娃手拉手绕着熟睡的小燕跳起了舞。

# 病

晓南生病了。

爸爸对妈妈说:"今天你别去店里了,在家陪陪孩子。"晓南躺在床上,听到这话,高兴得差点笑出声,赶忙扯上被角堵住嘴巴。

晓南太高兴了,这个星期天,妈妈终于留在家里了!去年初,爸爸和妈妈不到厂里干活,自个儿开了一间店,便天天忙得像星球大战一样。每天早晨,晓南睁开眼时,他们已经走了,只在桌上留下一张永远一样的字条:

面包和可乐在冰箱,吃饱了,快去上学!

这叫人多没劲呀!

有一天,学校要在晚上开家长会,晓南放了学便一直坐在门槛上,眼睛不停地往街口张望,他多么盼望爸爸和妈妈早点回来,最好像神仙一样一下子降临在他面前。可是,天黑了,妈妈才提着一只烤鸭,急匆匆赶回来大声地说:

"晓南,你饿坏了吧?妈给你煮面吃!"

"我不饿,我要爸爸去参加家长会。"晓南委屈地忍住眼泪说。

"傻孩子,你爸挣钱要紧,哪有闲空?"妈说。

"挣钱,挣钱,你们就知道挣钱!"晓南连连地跺脚。

妈笑着问:"挣钱不好吗?有了钱,就可以给你买好多东西呀!"

"你们一点也不爱我！"晓南愤愤地噘起嘴巴。

"怎不爱你呢？你看，妈又给你买了烤鸭。"

"我不吃！我不吃！"

最后，妈妈为哄晓南吃晚饭，不得不答应了他的条件：下星期天带他去海上乐园玩。可是下星期天过了，下下星期天也过了，爸爸和妈妈都没带他出去，这个"下星期天"要"下"到什么时候呢？爸妈一直忙，不要说带他去玩，连在家陪陪他都做不到！这个星期天，如果不是因为晓南突然半夜生病，妈妈会留下来陪他吗？

这时候，妈妈坐在晓南床边，眼光温温柔柔地看着晓南，这使他心头洋溢着一股暖流。

"吃了药，好些了吗？你要吃什么呢？晓南。"妈妈轻轻地说。

"妈，医生治不好我的'病'。"

"傻孩子，说什么话？"

"真的，不骗你。"晓南坐起身，双手搂住妈妈的脖子，趴在了妈的肩上，"妈，我们去海上乐园玩，我的病立即就会好！"

"怎么？你不是生病？"妈惊讶起来，眼睛大大地盯住晓南，一只手掌放到他额上，摸了很久。

"你没病？"

"我，我，没病……"

原来，晓南的"病"是装出来的，为此他闭着眼吞下了一把家里常备的苦药片。但现在，这一招被妈妈识破了，那些苦药片白吃了……

"你呀你，哼！我去店里，不管你了！"

妈妈生气地说完，又把晓南孤零零地抛在家。

晓南孤独地坐在床头，想到爸妈只顾挣钱而不理他，想到自己的"计划"破产了，越想越伤心。早餐他没吃，中午他也没开冰箱拿东西吃，晚上爸妈回家时，他躺在地板上，浑身发烫，嘴里喃喃说着："我，我病，我没病……"

这一回，晓南真的病了。不是装的，而是千真万确病了。

# 与贼同行

早在春节时，小奂就跟爸妈外婆有了"三国协议"，放暑假到外婆那里过。今天是放暑假的第一天，小奂高高兴兴地搭上了班车。本来，妈妈准备送他，小奂学着电视上的人物夸张地叫了起来："天啊，我还是三岁的小孩吗？"爸爸在一边笑道："咱们的小奂十五年前就断奶了，你还想给他一个奶嘴呀？让他自己去闯吧。不过，"爸爸转身对小奂说，"到你外婆书洋镇的车上，小偷很多，你要多长一只眼睛。"小奂咧嘴叫道："小偷很多，那太好了，我帮你抓几个回来！"当警察的爸爸笑而不答，只是刮了一下他的鼻子。

小奂找到了19号位，他原以为是在窗边，其实18号位才是在窗边，已经坐着一个二十几岁的小伙子，正拿着一张晚报看得入迷。小奂想跟他调位子，但不好意思说，只得把帆布包抱在怀里，先坐了下来。那小伙子放下了报纸，转头问道："先生，你到哪里？"小奂忍着笑，他这还是第一次被人正经地叫作先生呢，不过，他一下子对这个彬彬有礼的同座有了一些好感。小奂说："我到书洋我外婆家。"那人说："我也是到书洋。"小奂不善于跟陌生人拉呱，一时没有话说。那人说："你的包可以放到行李架上嘛，来，我帮你放上去。"说着就站起身，要拿小奂的包。小奂连忙说："不用不用，我自己来。"他起身踮脚，把帆布包放到了行李架上。小伙子说："现在治安不太好，你要留心一下包。"小奂点点头说:"我知道。"这时,车上位子坐满了,开车时间已经到了。司机坐进驾驶室,扭头跟售票员说了几句话,就发动了汽车。小凫想,再过一个半小时就可以见到外婆了,心里有一种说不出的快乐。

　　大巴车开出了市区,上了通往书洋的省道。汽车在奔跑,小凫的心也在奔跑。突然,嘎的一声,车停了下来。小凫探头一看,原来是几个警察拦住了车,他一眼看见爸爸走了过来,莫非这车上有贼?他转头看了看车上的人,看不出哪个人是贼。爸爸和另一个警察走上了车,小凫张口想叫爸爸,但爸爸给了他一个眼神,他立即心领神会地没有出声。爸爸和那个警察在车厢里走了一趟,显然没发现什么可疑的人,就下车走了。车又开了,旅客们议论纷纷,都说现在的贼太多了,真叫人防不胜防。小凫听着大家七嘴八舌说个不停,忽然身边的小伙子捅了捅他的腰部,低声说:"听见了没有?把钱放好,最好用手按住。"小凫心里紧张了一下,连忙用手按住裤子的口袋。那小伙子微微一笑,说:"这就对了,不怕一万,只怕万一。"小凫感激地看了他一眼。

　　汽车到了南坑站,上了一个中年人,只见他额头上有个刀疤,像个感叹号似的,它一下子提醒了小凫:得留心他。刀疤脸的眼睛在车上飞快地瞟了一遍,然后向车后走了过来。他走到了小凫身边,就站住了,半个身子靠在小凫的座椅边上。小凫一惊,悄悄把左边口袋里的钱拿出来,放到右边的口袋。右边是那个小伙子,他觉得这样要安全一点。那小伙子又拿起了晚报,翻开了新的一版,一边看着一边对小凫说:"你外婆年纪多大了?身体还好吧?"小凫说:"我外婆去年刚从小学退休,她练了好几年气功,身体好得很呢。"小伙子说:"你外婆是章老师吧?"小凫欣喜地说:"你怎么知道?"小伙子笑笑说:"书洋人都认识她,她还教过我一学期。"小凫骄傲地说:"我外婆教了三十年多的书,桃李满天下呢。"小伙子点着头,突然站起身说:"我到了,就在这里下车。"他忙叫司机停车,大步走下了车。小凫坐到窗边,跟那小伙子挥了挥手。小伙子在车下说:"再见,代我向你外婆问好。"刀疤脸挨着小凫坐了下来,小凫警觉地看了他一眼。刀疤脸不太自然地对小奂笑了一笑，他突然想起什么似的，火烧火燎地叫司机停车。车还没停稳，他就跳了下去。这使小奂感到奇怪，他急忙一摸口袋，糟了，钱不见了！小奂尖声叫了起来："我的钱被偷了！"售票员吃了一惊，说："肯定是刚下车的那个刀疤脸。"司机把车停住，说："我跟你下去追，快！"小奂和司机跑下车，往刀疤脸跑去的方向追去。他们跑了几十米，看见前面有两个人扭成一团。原来是刀疤脸和那个小伙子，小奂愤怒地冲着刀疤脸喊道："快把钱还给我！"刀疤脸扭住了小伙子，从他口袋里掏出一叠钱，小奂一眼就认出是自己的五百块钱，那上面还用一条橡皮筋绑着，他一下子呆住了，钱怎么会在小伙子的口袋里？刀疤脸把钱还给小奂说："你看看，有没有少了？小朋友，你太轻信他了。"小奂盯着小伙子，又惊讶又生气，说不出话来。刀疤脸用手抬起了小伙子的脸，嘲笑地说："你这点水平就想瞒过我？小伙子，你还嫩了点。"司机说："真没想到他是贼，快把他送派出所吧。"正说着，一辆警车飞驶而来。小奂看见爸爸从车上走了下来，惊喜交加，只见爸爸大步走了过来，拿出手铐一下子就铐住了刀疤脸。小奂惊叫了起来："不！他才是贼！"刀疤脸对小奂笑笑说："小朋友，你也太轻信我了。"爸爸正色地对刀疤脸说："我们找你两年多了，早上刚刚接到线报，说你从外地潜逃回来。你没想到这么快落入我们的手中吧，老圣？"刀疤脸淡淡地说："如果不是发现有人偷了章老师外孙的钱……你们恐怕没这么容易抓到我。"爸爸扭头对小奂说："你还扬言帮我们抓贼，倒是自己的钱被贼偷了。"小奂指着小伙子说："是他偷了我的钱，他帮我追回来。"爸爸笑道："我忘了多带一副手铐。"他一把把小伙子拉到刀疤脸身边，推了推他们说："走！"小伙子看了刀疤脸一眼，压低嗓子说："你真是神偷老圣？这回我可要跟你好好学几手。"这个叫作老圣的刀疤脸一咬牙，狠狠踩了小伙子一脚说："我正想改邪归正重新做人，你却想堕落！"小伙子嗷嗷叫着痛。刀疤脸转身对小奂说："小朋友，代我向章老师问好，我没学好，没脸见她……"小奂愣愣的，他感觉到这短短的时间里发生的事情像是一场电影,他在里面充当了一个角色,但是现在没人给他导演,他不知如何演下去了。爸爸把那两个大贼和小贼推上了警车,回头对小奂说:"小奂,你们也该上路了,到了外婆家马上打个电话回来。"小奂点点头,他知道该如何扮演好自己的角色了。

# 女儿的心

大厅外满是接人的牌子，塑料牌、纸牌，甚至还有铝合金牌，像一片森林似的。一块很低的牌子引起我的注意，那是一块纸牌，上面歪歪扭扭写了三个字："接爸爸"。

举着牌子的是一个七八岁的小姑娘，她穿着一件旧的碎花连衣裙，洗得很整洁，大大的眼睛在人群中不停地搜寻着。

我好奇地走到她面前，问道："小姑娘，你怎么一个人来接爸爸？"

"我爸爸从日本回来，"小姑娘没头没脑地说。

我猜测小姑娘的爸爸是在日本留学，正打算告诉她今天没有日本来的航班，但接机的妻女来了，也就顾不上跟她多说了。

一年后，我又出了趟远门回来，航班抵达时，已是夜里十一点多。因为时间关系，我没让妻女来接机。

走出大厅，我的眼光一下子就定格在那块熟悉的纸牌上："接爸爸"

字是新写的，但跟一年前一样歪歪扭扭，小女孩还是穿着那件旧而整洁的碎花连衣裙。她好像一点也没长大，我发现她大大的眼睛显得空洞而痴呆，茫然地看着走出来的人们。

"小姑娘，小姑娘，"我走到她面前，连叫了她两声，她都木头似的没有反应。我不由提高了声音："小姑娘，你爸爸呢？"

"我爸爸要从日本回来，"小姑娘声音黯哑地说。

我心里叹了一声，走了。

在回市区的民航巴士上，我恰巧和一个在机场工作的老同学坐在一起。聊天时，我说到了那个接爸爸的小姑娘。老同学说："那个小姑娘呀，机场的人全认识她！她几乎天天晚上都来，听说她爸爸几年前到日本打工，一去就杳无音信，她妈一直病在床上。"

"我看这个小姑娘八成是疯了。"老同学下了结论说。

我坚决地说："不，你不懂得小姑娘的心。"

# 荣誉的失落

离家越来越近，小马的脚步却越来越沉重……

爸爸会怎么样呢？上午上学时，爸爸轻轻敲了一下他的鼻头，说："祝你四连冠。"可是现在，他两手空空的回来……这能怪我吗？小马心里涌起委屈的波涛。

校长在台上宣布市级三好学生名单。他满怀期待地等着校长念出自己的名字。从初一年开始，每年段仅有一个名额的市级三好生，哪一年不是他呢？——学习成绩最好，思想表现最好，还是全校男子乙组跳高冠军，当然非他莫属。想到自己将要四连冠，他心里怦怦直跳。"高一二班，乐志林。"校长高声念道。他愣了一下，以为耳朵出了差错，然而"乐志林"三个字，响亮且明白无误。

这时候，小马站在门口，两条腿像灌了铅似的抬不起来。爸爸会怎么样呢？我都在他面前夸下了海口："别说四连冠，就是六连冠，本人也胜券在握！"可是现在……可是，这能怪我吗？小马觉得心里很难受。

校长宣布完名单，底下唧唧喳喳议论开了。"怎么会是乐志林呢？""咦，你不知道他老爸是乐达电子公司老板？""那又怎样？""乐达公司有钱，一下就赞助学校五十万呢。""这……""嘻嘻……"小马认识乐志林，他是隔壁班的，学习成绩不好，手上经常拿着一只"大哥大"到处乱跑，因为打架被学校通报批评过。听着同学们的悄声议论，小马只觉得脑子嗡嗡直响……

好不容易抬起腿，小马又犹豫了。爸爸会怎么样呢……这能怪我吗？我的学习成绩仍然是年级第一名，我仍然热心无私地帮助同学……没有评上三好生，这并不是我的错！小马毅然推开了家门。

爸爸正坐在客厅里，听到开门声，就看了过来。小马一下子遇上了爸爸那关切的眼光，心里不禁一酸，说不出话来……

"你没评上，评上的是乐志林是不是？"爸爸温和地笑笑，"这不能怪你，昨天我们乐总给学校赞助了五十万……"

"五十万就可以买一个三好生的荣誉吗？"小马睁大眼睛，在爸爸脸上寻找着答案。

"荣誉？"爸爸笑了起来，"你知道吗？今天我们车间评一名公司劳模，是用捉阄来评选的，结果被我捉到了。"

小马眼里充满了困惑。在他看来，荣誉是很神圣的，可是现在，不仅可以用钱来买，还可以捉阄"评选"……

爸爸走到小马身边，拍了拍他的肩膀说："评不上就算了，现在荣誉也不值钱，你只管认真读书。"

不……小马在心里轻轻地说着，脸上显示出了一种不屈不挠的神色。

# 逃 学

下午第一节课是自习，第二节课是地理，小马本来是喜欢地理课的，但是陈老师上起课来无精打彩的，只会念课本，小马就觉得上这地理课真是受罪，如果不在课堂上捣几下乱，心里好像就会很难受。谁知陈老师是个绵性子的人，你捣乱吧，他也不理睬你，顶多停下来不讲课，让大家自习。这样几次，小马觉得陈老师不生气，跟他捣乱也没什么意思了，好像一个失去对手的大侠，感到有一种叫作孤独的东西在心头痒痒着。下午的这一节地理课，小马和大头浩昨天就策划好了逃课方案。他们首先给自己找到了充分的理由——我们不是逃学，我们到少年宫听南极科普知识讲座，不是等于在那里上一堂地理课吗？这叫作打个旗号，师出有名，具体行动计划则是上十分钟左右的自习课，小马做出上厕所的样子（必要时手上可以拿几张纸），从教室后门溜出来，三分钟后大头浩如法炮制，两人在学校围墙外面会合，然后直扑少年宫。

方案策划得好，做起来也就十分顺利。小马刚刚溜到学校围墙外面，大头浩转眼也到了，小马高兴地说："红军胜利会师啦。"大头浩问："我们真的要去听讲座啊？听说那是讲给小学生听的啊。"小马说："是啊，小学生都要懂得南极，你一个高一年学生还不懂，这怎么行呢？走吧。"小马拉起大头浩，就向少年宫方向大步走去。

他们走到了中山路，再走几百米就到少年宫了。中山路是一条步行购物街，大头浩好像初次进城的乡下孩子，眼睛老是东张西望，小马不得不一遍遍催促他。这时，他们走过一家礼品店，里面有个声音叫道："小马！"小马扭头一看，天哪，心脏几乎停止了跳动，叫他的人原来就是陈老师！大头浩也吓坏了，两个人心想，逃课的事就这样败露，免不了要挨一顿批了。但是陈老师看起来笑眉笑眼的，招着手说："过来过来。"小马和大头浩心想豁出去了，满怀悲壮地走到陈老师面前。

"你们来得正好，我下午有事不能去上课，我写了个条子，你们带给余老师，让他代我上一节课。"陈老师说着，从口袋里掏出了一张纸条。小马真没想到今天的逃课逃得如此尴尬，策划再好也没用，"人算不如天算"啊，他心里叹了一声。

# 老师·学生

## 老　师

　　小毛接连几天拉肚子，父亲觉得这里边有文章，截住他追根究底。
　　"学校办了冰棒厂，老师都在卖冰棒……"小毛吞吞吐吐的。父亲一下子全明白了。第二天，父亲以一个企业家兼家长的身份来到学校，当场捐款五万元，对学校工作表示关心和支持，同时委婉地希望校长关闭冰棒厂，以免影响小学生的身体健康。
　　"原来是想给老师们增加一点福利，"校长面露难色，语气却很和蔼，"研究一下，该关闭就关闭。"
　　第二天，小毛就不再拉肚子了。他回家告诉父亲说："老师不卖冰棒了，昨天晚上老师到酒店聚餐，今天好几个老师没来上课。"
　　"为什么？"
　　"这回轮到老师拉肚子了，校长说，老师没吃过大菜大肉，肚子一下受不了。"

## 学　生

　　路上常有陌生的面孔喊他老师，他应声之后，总想不起他（她）的姓名。他从黑发教成白发，辗转几所学校，教过的学生太多了，实在无法一一记住。

熟悉的学生也是有的，比如踩三轮车的张，比如当了市长的王。张常常免费载他，想去哪就去哪，是所有学生里头来住最密切的，而王出息成市长，虽然没往来，却是他的荣耀。

现在，学生张载着他直奔市政府找学生王。

儿子无故被人打成重伤，有关部门互相推诿，把事情当皮球踢来踢去，他无可奈何，只得去找当市长的学生王。

三轮车停在市政府大楼下面，他满怀希望地上去了。

十几分钟后，他满脸阴晦地下来了。学生张还在那边等着，忙问怎么样。"市长很忙，他说这种小事找派出所就行了，"他愣愣地说，"是啊，市长忙着全市人民的大事……"

学生张叹了口气，说："老师，怪我没出息，不能当市长……"

他心头一热，却是无话。

## 老师和学生

葛老师当了二十几年的民办教师，因为种种原因，一直没转正。最近市里下了一道文件，计划年内彻底解决民办教师问题，将进行一次考试，只要考试通过即可转正。

考试那天，葛老师一来到考场，不由倒抽一口气，原来监考的两个人都是他小学教过的学生，学生也发现了老师，点头向他问好。葛老师感觉到世间的事真是奇妙，原来的学生现在成了他的监考老师，老师成了学生的学生。

考试开始了，一个学生来到葛老师身边，悄悄塞给他一张纸。葛老师一看，原来是考试答案，脸上的表情就绷紧了，他唰唰在后面写了几个字，还给原来的学生现在的监考老师。这个学生一看，脸就红了。葛老师在上面只写了九个字：

老师教过你这样做吗？

# 命运敲门声

### 情景（一）

房门上响起持久、顽固的声音，看来我要是不开门，它就是三天三夜也不肯停下来。

我只好搁下手中的笔，走过去把门打开，心情一下子变得很坏。

又是他！一个叫做简进的狂热级文学青年。

都怪一个亲戚多事，把他介绍给我，这些天来他几乎天天上门，要我指点他那狗屁不通的文章。昨天我不得不硬着头皮对他一篇所谓呕心沥血的新作提了几点意见。

"邹老师，我遵照您的意见修改好了。"简进谦恭得有些畏葸地双手呈上一叠稿纸，"请邹老师……"

我想发火，但最终还是克制住了。从他手上拿过稿子，我淡淡地说："我帮你推荐出去，你就在家里等着消息吧。"

"谢谢，"简进接连点头哈腰，"太谢谢了，邹老师，真是太感谢了……"

简进走后，我再也没有情绪继续写作，心想，这家伙想发表想疯了，天天上门骚扰，这可如何是好？我忽然想到去年有篇旧稿，自己不大满意，一直没有寄出去，干脆……我找出旧稿，署上简进的名字和地址，给一家熟悉的报纸寄去。

大概半个月后，简进来了，看样子他激动得面孔都有些变形，手颤抖了许久才从口袋里掏出一张报纸。我一看，正是我署上他名字的那篇稿子。

"邹老师，您帮我修改的文章终于、终于发表了……"他的声音激动得哆嗦。

"很好嘛，这是第一步，希望你不要骄傲，继续努力啊，不要荒废了时间啊。"我煞有介事地教导他。

"是，是，是。"

从此，我很长一段时间没有看到他。也许他上门找过我，但我不在，总之我渐渐把他忘了。大概是四年之后，我到一个亲戚家闲坐。他忽然问我，你还记得简进吗？我摇头。他说，就是那个我介绍他去找你的文学青年啊。我一下就想起来了。他叹道，一个好好的人迷恋什么写作，现在疯了，我们活活把他害了！原来，简进在发表"处女作"的巨大精神动力之下，没日没夜地写，最后连班也不上了，被单位除名，但他仍旧一个劲地写啊写……可是再也没有发表一个字，他就疯了……

我听得胆战心惊，忽然觉得自己是罪魁祸首。

## 情景（二）

房门上响起持久、顽固的声音。看来我要是不开门，它就是三天三夜也不肯停下来。

我只好搁下手中的笔，走过去把门打开，心情一下子变得很坏。

又是他！一个叫做简进的狂热级文学青年。

都怪一个亲戚多事，把他介绍给我，这些天来他几乎天天上门，要我指点他那狗屁不通的文章。昨天我不得不硬着头皮对他一篇所谓呕心沥血的新作提了几点意见。

"邹老师，我遵照您的意见修改……"简进谦恭地说。

"行了,我不用看了。"不知怎么,我忽然克制不住自己,粗暴地打断他说,"你根本不是搞文学的料,修改一百遍也没用!"

简进一脸窘迫。

"我劝你别白费劲了,把时间和精力拿去搞点别的东西。现在改革开放,干什么不行,偏偏要在这棵树上吊死……"

我正口若悬河,忽然发现简进不见了。不知他什么时候偷偷跑了,他一定受不了我的尖刻——管他呢,我继续写我的。

大概是四年之后,我有一天上街取汇款,忽然一辆轿车嘎地在我身边停住,我吓了一跳。车窗里探出一张熟悉而又陌生的面孔。"邹老师,你忘记我啦?"原来是简进!他下了车,热烈地握起我的双手,"邹老师,你真是我的再生父母啊,我真不知如何报答你!"我懵头懵脑的。"我当初痴迷着文学,是你一番话让我迷途知返啊,我真不知道如何感激你!"

原来,简进被我批了一通之后,丢掉文学转身扑通跳入"海"里,现在有了公司有了车,连别墅也有了。不久,简进诚心诚意拿了数万元,帮我出了一套文集。我以恩人自居,觉得理所当然,但心里不免酸溜溜的。

## 情景(三)

房门上响起持久、顽固的声音,看来我要是不开门,它就是三天三夜也不肯停下来。

会不会是他?好吧,我就是不开门,看你的耐性有多好!

大概十五分钟之后,敲门声渐渐弱下去,像一朵云飘走了……

# 反　抗

他到医院做了个小手术，十天后出院回到家里。

手术很成功，他感觉到整个身体状态又恢复到十年前的水平，全身上下有许多活力跃跃欲试。他想，明天就可以上班了。

这时，他眼皮一阵发痒，便抬手擦了擦。突然，眼前一片特别的明亮，好像有一束光照射过来。他想，这是怎么啦？就在这时，他看见了自己！他看见自己走进办公室，刚刚坐下，冯局长来了，于是起身和他握手，热烈地握手。罗副、肖副、江副也来了，他一一跟他们握手，对他们的关怀表示感谢。他甚至听到了自己的声音：谢谢领导关心，我一定加倍努力工作。

这"声音"是无声的，但是他分分明明真真切切听见了。他想这是怎么啦？

他知道这是怎么啦，他能够看见未来，事情就是这样蹊跷这样神奇！他兴奋，又将信将疑忐忑不安。

第二天上班，事情果然如他昨天看见的一模一样。他走进办公室，刚刚坐下，冯局长来了，于是起身和他握手，热烈地握手。接着，罗副、肖副、江副来了……

因为一次手术，他意外地获得一种特异功能。这真是无法解释的事情。

他看见自己在办公桌前审阅下面送上来的各种申请报告，人事科长领来一个新分配来的大学生，那戴眼镜的小伙子恭敬地叫了他一声邹科长……

他看见自己第十五天那天拒绝了一个包工头的一只红包……

他看见自己两年后的今天到医院拔牙……

他看见自己五年后还是科长，那个人事科长提了局长，拍着他的肩膀说老邹，老同志了，不容易不容易……

他看见自己六年后的一天又一次住了院，在病床上辗转反侧……

他看见七年后的一天，儿子失业回到家里，怒气冲冲地说："当初叫你给我换个单位，你不肯出面，现在好了，我去抢银行算了！"

他看见十年后的一天，今年分配来的大学生当了局长，打电话叫他到他办公室一趟，然后打着官腔说："老邹，老同志了，这个这个……上面有个文件，你写个退休报告吧……"

他看见自己退休之后，提着一只菜篮子出现在菜市场，脚步蹒跚，神情忧郁……

他看见在自己的追悼会上，工会主席念完悼词下来，暗地里跟女秘书挤眉弄眼，脉脉传情……

未来历历在目，他不想看了，紧紧地闭上眼睛，"未来"便消失了。原先不免常常冒出这么一个念头：明天会怎么样？然后努力把今天过得充实一些愉快一些；现在，几天后、几年后、十几年后甚至死后的事情全都看得一清二楚，他反倒觉得无聊、无趣、可怜、可怕。他想，我现在都知道未来会怎么样了，我现在活着还有什么意义呢？

他陷入了痛苦。

一番痛苦的思索之后，他有了一种反抗的念头：我不信，未来就那样一套程序似的设定完毕，未来难道不可改变吗？

他要反抗。

于是，他一反常态，无所谓地收下一个承包商送来的红包。他开始忙起来了，约下属单位的头儿一起钓鱼、桑拿，给局长拜年，给分管副市长拜年。分管副书记的儿子结婚，他送了一部仿古摩托车和一万元当贺礼。三年后，他提升局长……

　　他心里笑了，充满一种挑战者勇于夺冠的骄傲。原来未来是可以改变的。他笑了。

　　他很骄傲地笑了。

　　可是不久，他的事情败露了，因为受贿罪和贪污罪锒铛入狱。在监狱里，他终于想明白了，未来并非一成不变，未来的命运其实就掌握在自己现在的手里……

　　但是，他明白得有些迟了。

# 八月盛宴

申晓佳在外面吃了快餐才走回家去。他不想在餐桌上看老爸的脸色听老妈的唠叨，那会使他吃不下饭，就是吃下去了也想吐出来。

打开房门，晓佳像做贼一样蹑手蹑脚的，但坐在客厅看电视的老爸老妈几乎同时扭过头来，射来两道不够友好的目光。

今天财政局老杨的儿子收到通知书了，是一本的院校，比你多了二十来分。老爸像在主席台上发言一样，绷着脸说。他是马铺县统计局的副局长，在政府大院里，谁家的什么人收到通知书，他一般都能很快掌握情况，从某种意义上说，这是他近几年来在八月份的工作重点。

我报的是二本院校，通知书可能过几天也会来了。晓佳说，脸不红心不乱跳，很平静地说。

老妈接上话茬，带着责备的语气说，你呀，要是认真点，去年就能收到通知书了。

因为去年没收到录取通知书，晓佳在老爸老妈的压力下复读了一年。那时他是真不想复读了，准备到深圳投奔开公司做生意的表哥。老妈说，现在没大学文凭，你怎么在社会上混？老爸说，我这些年参加别人家的升学宴，据不完全统计，也快有八十次了，平均每次送红包一百元，也有八千元了，你怎么也得创造个机会，让我回收一些红包回来呀。晓佳突然发觉老爸还是有些幽默感的，算了，为了他的红包，就作出一点牺牲吧。

经贸局的老周女儿上的是重点线，明天晚上就要请客了。老爸说。

我的通知书可能也快了。晓佳说。

这就好，我们到时在中闽大厦摆个三十四十桌。老妈说。

今年刚考完，晓佳就知道跟去年一样没戏了，但是面对老爸老妈关切的目光，他却是镇定自若地说，考得很好，超常发挥。当他从电话里查询到自己的确切分数后，随即加了120分，然后打电话告诉给正在统计局上班的老爸。听着老爸连声叫好的声音，他突然感觉是得到老爸的真传了，轻松地把数字变动一下，就皆大欢喜了。

当申晓佳把录取通知书丢在老爸面前的茶几上，他眼珠子似乎很艰难地转动一下，像是把卡在咽喉的物品猛地咽了下去，突然拔尖了声音叫道，来啦，好呀！

这张申晓佳从街头办证团伙那里订制的录取通知书就在老爸老妈的手上不停地传递。老爸打开了他的一本有些历史的笔记本，里面记载着他历年来的人情应酬，亲朋好友、同学同事，各种名目的宴席：结婚、寿辰、迁居、升职以及升学。逐渐增多的是子女升学宴。早几年，红包是20元，然后便一路看涨：28、40、60、80、100。当然这都是行情价，关系密切的一般在行情价上翻一番。老爸握着笔记本对老妈说，这就像买股票一样，现在终于可以兑现金了。他们欢天喜地地开始规划请客的时间地点和档次，脸上荡漾的是一种报偿和发财的喜悦。对他们来说，晓佳的"录取"变成了一种手段而非目的。这让晓佳心里稍稍有些宽慰。

八月的最后一天，申晓佳的升学宴在中闽大厦的宴会厅隆重举行。老爸老妈穿戴一新，站在大门口热烈地热情地迎接各路客人。他们胸前佩戴一朵迎宾的礼花，满脸笑容，一边接受来客的祝贺，一边将他们送上的红包一一笑纳。

宴席一共摆了三十八桌。

开头晓佳还坐在比较显要的那张宴席上，接受一些亲朋好友和同学的祝酒，后来他到了卫生间就没再回来了，似乎也没人注意到他的退席。宴席依旧在一片欢声笑语中继续着，并且不断掀起一个个高潮。从某种意义上说,升学宴已经和晓佳的"升学"无关,变成了他老爸老妈的一项人际社交工作。

第二天,晓佳就到了深圳。他还是打了个电话回来,犹豫片刻,他还是把实情告诉了老爸。出乎他意料之外的是,老爸并不诧异。老爸只是轻叹一声,说:"我能看不出来吗?我早知道你的底细了。"

"那你怎么不说?"晓佳说。

"我揭穿你干什么?像我们统计局报上去的数字,上面也能一下看出来,但是谁喜欢揭穿你呢?"老爸说:"我不跟你多说了,你在深圳好自为之吧。"

# 他会回来

1

午后暖洋洋的阳光像披开的金色绸缎，平静中闪耀着光芒。老太太坐在树阴下的老藤椅里，她眯缝着眼，不一会儿就睡着了，悄无声息地缩着身子，把身子越缩越小，像一只困倦的老猫，习惯地蜷起身子。

对老太太来说，午后冗长的时光正适宜沉睡。也许是上天的关照，在她度过动荡不安而又颠沛流离的大半生之后，她有足够多的时间可以绵绵不息地睡觉，似乎要把过去遗失的睡眠翻倍地补偿回来。

阳光漏过树叶，在老太太身上洒下一片片斑驳的光影。她布满褶皱的脸在光影的映衬下，便显得神秘和诡异。

那边传来了一阵脚步声，老太太立即警觉地睁开眼睛，软绵绵的身子里像是装着弹簧一样，往上弹了一下。

原来是女儿，几乎是蹑手蹑脚地走过来，可是任何细微的动静都能够把她惊醒。

她惊乍的眼光在女儿身上挂了一会，这才垂落下来。

女儿有些疑惑，即使是在睡梦中，母亲对外来的脚步声也这么敏感，这分明是在焦灼不安地等待着什么。女儿想起自己当年恋爱时，她住在工厂的学徒工宿舍里，一到了约定见面的日子，整天心里怦怦直跳，他的脚步声刚刚从路口响起，她的耳朵就能够神奇地捕获到。不用说，这时心跳更厉害了，几乎要从胸腔里撞出来。莫非、莫非母亲还在等待着"他"？对母亲来说，"他"曾经是生活的全部，也是整个的世界；对她来说，"他"却只不过是一个模糊不清的符号，当年"他"被抓到海峡对岸的时候，她还在母亲的肚子里。她曾经听母亲无数次地喃喃自语：他会回来……

"妈，这几天还好吧？"

"好……"

"吃得下吗？胃口怎么样？"

"好……"

"睡眠好吗？"

"好……"

她知道母亲什么都好，只有一个不好，就是对外来的脚步声过于敏感了，越到晚年越容易从脚步声里惊悸地猛醒，这到底是为什么？

她在母亲面前的小凳上坐了下来，就像小时候，她喜欢像小狗一样依偎在母亲的脚边。那时候，母亲给她讲故事，现在是她陪母亲闲聊，漫无边际地说着话。她发现母亲头微微歪着，已经入睡了，她只得轻手轻脚地起身离开养老院……

## 2

回到自己的家里，她看到女儿坐在电脑前，一手握着手机在打电话，一手在键盘上噼里啪啦地打着字。

她的眉头一下皱了起来。"老公，我不跟你多说了，就这样吧……"女儿握着手机说，另一只手快速地打出了一串文字：老公，好想你啊！

女儿刚从职大毕业，找了一份工作还没干上半年就辞职了，最近天天泡在电脑前。当她第一次听她打着手机喊着老公时，她惊呆了，还没听说她有男朋友，怎么就有"老公"了？

没想到女儿白了她一眼，说："老妈，你也太老土了，都什么世纪了，只要我高兴，任何人都可以喊'老公'。"

她瞠目结舌，不知该怎么回答。

"好了，我正忙呢，老公，拜拜。"女儿挂断手机，扭头看了母亲一眼，又低下头去，手指头像是枪口一样喷射出一串串声音。

"我说，你到底有几个'老公'？"她忍不住问道，声音里带着长辈的苛责。女儿又偏起头，眼珠子转了一下，说："太多了，数不清。"

她气急败坏的，想要发作却感觉身上没有力气，只是悻悻地回到自己的卧室。坐在梳妆台的镜子面前，她几乎不敢看里面的人。这个满面憔悴又有着满腹辛酸的人就是自己吗？想起当年，也曾经和现在的女儿一样青春一样鲜艳，可是风吹雨打，所有美好的岁月都凋零了……

她拉开抽屉，里面是一张被针刺得辨不出形影的黑白相片，那上面布满密密麻麻的针眼，像蜂窝一样，谁也看不出这是谁。只有她内心里明白，就是这个人影响了她一生的幸福，她曾经为他心跳，为他奋不顾身地献出一切，最后却像一团抹布一样被他扔掉。许多年来，每当她黯然神伤的时候，就要拿起一根针，在相片上扎一下。她内心的郁闷似乎就从那细小的孔里流泻出去了……当年，他离家出走时，女儿刚刚三岁，这么多年过去了，她的心头仍旧堆积着小山一样的仇恨。也许当她像母亲一样老了的时候，她就不会再有恨了。谁知道呢？爱情这东西，谁也说不清楚。

隔壁女儿的手机又响了，是一首她常常听到的觉得非常讨厌的流行歌曲。女儿又老公老公地叫了起来。她拿起针往相片上扎去，突然尖叫一声，原来是不小心扎到了自己的手背上……

"老公，你真是太好啦！"女儿兴奋地大叫起来。

# 3

老太太坐在藤椅里溘然长逝。得到消息的女儿急匆匆地赶来，当她快走到母亲的面前时，突然放慢了脚步，因为她想起母亲一生都在期待着一个脚步声，不忍惊醒她……

她的脚步慢下来了，但她还是惊奇地看到，母亲似乎又睁开眼睛，朝她看了一眼，看清来人之后又合了起来。

# 丢 失

铿然有力的摩托车声刺破了校园夜晚的寂静,应道明听着它越来越近,最后就在自己的耳边嘎地停止。

"一架车神气什么……"应道明嘴里咕哝着,把手上的书丢到一边,站起身关上窗户。但是他还是听见了梁天华咚咚咚上楼的声音,很刺耳。

梁天华是他的对门。十年前他们一起分配到这所近郊中学,全都是政治课教员,可是他们的关系很一般,仅限于见面打个潦草的招呼。上个学期,梁天华办停薪留职,跑到外头一家什么公司。这学期上头下达文件,要求停薪留职的教师全部归队,梁天华就回来了。大家发现他脸色比先前黑了一点,但是精神状态很好,而且胯下多了一辆铃木王,全校第一架铃木王!

关上窗户,小房间的空气立即显得燥闷。正在看电视的老婆于萍扭过头来,不客气地说:"你有病是不是?"应道明讷讷的,猛地把窗户推开。他一眼看见了梁天华的铃木王,在月光下像一只红色的巨鸟,时刻准备腾空飞起。

"早晚会被人偷走。"应道明说。

"你说过多少遍啦。"于萍不耐烦地说。

应道明第一次看见梁天华的铃木王停在宿舍楼前的空地上,便以毋庸置疑的语气告诉老婆,它早晚会被人偷走。于萍有个表兄上个月丢了一架新买的太子车，而自己前天刚刚丢了一架自行车，所以她对丈夫的预测表示支持，她的理由是现在小偷太猖狂了。但是一周过去了，一个月、两个月过去了，梁天华的铃木王并没有失窃，几乎天天晚上停泊在他们家的窗户下面。于萍早已不管他那么多了，只有应道明常常念叨着它。

"前天晚上工商宿舍一下子丢掉两架新车，你没听说过吗？"应道明对老婆说，"它早晚也会被人偷走。"

"偷不偷跟你有什么关系？"于萍说。

"跟我是没什么关系，"应道明说，"可我敢肯定它早晚会被人偷走！"

于萍懒得跟他说话，专心地看着电视。

第二天，学校的起床铃还没响，应道明便起了床。他走到窗前，不禁一惊：梁天华那架铃木王还在老地方，在晨曦里显示着刚健流畅的身影。整夜没有牵进屋里，居然没丢掉。应道明心想，梁天华这小子运气真够好的。他有个同学把摩托放在楼下，车锁也锁了，上三楼拿个东西下来，摩托不见了，前后不过十分钟，可是梁天华整夜把摩托放在外面，居然……应道明越想越气愤，连上午上课也没了情绪，频频向学生无端发火。

中午蹲公厕的时候，应道明听见隔壁有两个老师在发布新闻，说梁天华想要承包校办工厂，昨晚请校长喝了一顿酒。应道明一下就明白，梁天华昨晚肯定喝得差不多了，不然怎么会把摩托整夜扔在外边？这鸟人运气也真够好，摩托车整夜扔在外边怎么就不被人偷走呢？一想到这，应道明心里就有气，越想越气，气得都便秘了。他提起裤子，说道："早晚要被人偷走。"

"你说什么？"那个新闻发言人不明白地问他。

"早晚会被人偷走，"应道明说，"我说梁天华的摩托车。"

"是啊，一不小心就会被人偷走，这年头盗贼太多啦。"那人深有感触地说。

应道明很有收获地走出公厕，满载而归。

日子过得很快，一晃期中考过去了。监考、改卷、讲评，紧张了几天，现在又可以放松一阵子了。实际上，放松了也没什么事干，应道明常常站在窗前发呆。梁天华的铃木王常常出现在他的视野里，有时候是飞啸的，有时候则是沉寂的。应道明看着它停在窗下，像是一只飞不动的巨鸟，心想，怎么就没人把它偷走呢？昨晚国税宿舍不是丢了一架剑车，小偷怎么就不来这边看看！

又是许多天过去。期末考眼看就要到了。梁天华的铃木王依旧在他的胯下。他常常一上完课，就跨上车，呼的一阵风，跑了。应道明常常看着他呼啸而去的背影，心里涌起一种莫名的悲伤和失望。这个城市天天都有人被偷走摩托车，怎么就轮不到梁天华这鸟人的头上？一天夜里，应道明的肚子发生了一些事件，慌慌张张来来回回跑了五趟厕所。他最后一趟从厕所出来，走到宿舍楼前的时候，一眼看见梁天华的铃木王停在那边，心里怦然一跳。这是怎么了，他也不明白。铃木王在月光里静静的，闪着一种迷人的光泽。应道明看呆了，他想，怎么就没人把它偷走呢？

校园里寂静无声，仿佛一切都已沉睡。应道明向梁天华的宿舍看了看（黑乎乎一片，真奇怪），向四周看了看（没人，连个人影都没有），他蹑手蹑脚向铃木王走去，心跳越来越紧，但是随着靠近铃木王，心跳渐渐恢复正常……

第二天一早，梁天华发现他的铃木王不知去向。

# 转　椅

　　这张转椅是结婚时买的，当时觉得它小巧玲珑的，不像别的型号那样笨拙；它的靠背不高，正好可以把头枕在上面；下面的滑轮转得挺快的，偶尔把妻子抱起来放在椅子里，用手转一下靠背，它就飞速地旋转起来。在妻子兴奋而又夸张的尖叫声中，他也感受到了一种喜悦，这就好像回到了热恋中他们一起坐过山车的情形。

　　但是几年下来，这张转椅老了，座位和靠背的人造革老化开裂，像斑驳的树皮，显得很丑陋；扶手松动了，下面的滑轮也生涩了，整张椅子几乎无法转动，人一坐上去，它就向一边倾斜。有一天，他坐在转椅上发呆，妻子站在门边怒气冲冲地数落着他，他全然没有听见，只是想，这椅子老了，死了，原来任何东西也像人一样，都是有生命周期的。

　　他决定把这张转椅扔掉。

　　第二天上班时，他就一手拽着转椅的靠背上端（那里开裂的皮革正好让他抓得很牢），把它从家里拉了出来。他家在一楼，不多远就是小区的大门了，那里有一个垃圾箱，他就把转椅拉到垃圾箱前面。它的体积比垃圾箱大多了，无法丢到里面去，只能遗弃在一边。

　　他回头看它一眼，像是最后的告别，走了。

　　傍晚下班回家，刚刚走近家门口，他就傻眼了：被他遗弃的转椅靠在铁门上，好像一个孩子可怜巴巴地望着他。他有些奇怪了，是谁把它弄回来的？它肯定不会是自己长脚走回来的吧。

　　他正想把它重新送到垃圾箱边上去，妻子也下班回来了，说这椅子怎么在外面？他懒得跟她说话，就开门进了房间。妻子在后面把转椅推了进来。

　　第二天，他再次把转椅拉到垃圾箱旁边，看也不看它一眼就走了。

　　下班回来，他一眼又看见了转椅靠在自家门上，这下他更奇怪了，怎么会这样呢？他一转身，又拽着椅子，像拽着一个调皮捣鬼的孩子，又把转椅拖到了垃圾箱边上。心里有些生气，就踢了它一脚，好像是说去死吧，别再给我回来了。

　　然而，天亮打开门后，他不由倒吸了口气：转椅又回来了，站在门口，像一个迷途知返的孩子。他突然想，也许不应该把它丢掉，毕竟它在家里也服役了几年。这样想着，他就把它拉进了家门。妻子在卫生间骂骂咧咧的，不知她说的是什么，他不想知道，只是突然间对刚拉进家门的转椅又产生了一种厌恶感。他毫不犹豫，又拉着转椅走出了家门。

　　小区里还没多少人，甬道上只有几个老人在打拳、做操。他拖着转椅，一路上发出咚咚咚的声响，走到垃圾箱前，他想，这回要把它丢得远一些，让它有脚也走不回来。他暗自笑了，它真的会长脚吗？我不信！他拖着转椅走出了小区，小区对面的街道上有一个庞大的垃圾箱，他觉得那里应该是这张转椅的墓地了。于是，他提起这张他认为已经死去的转椅，用力地扔进垃圾箱里，发出砰的一声。他擦了擦手，松了口气，好像这口气憋了很久了。

　　这天在单位里，他感觉心情好像好了许多。可是傍晚回到家门口，他的心情又变得糟糕透顶了，那张被他扔进垃圾箱的转椅又回来了。

　　在那一瞬间，他几乎要一屁股跌坐在地上。

　　他狠狠踢了它一脚，像是责问一个死皮赖脸的家伙：你怎么又回来了？

　　椅子当然不会说话，只是发出一声闷响。

　　他一手把它提了起来，又狠狠地掼在地上。砰的一声，就一声，它也不会争辩什么。

　　天色是渐渐黑了，妻子还没有回来。很多时候她都像影子一样，他进门了，她也跟着进来。他突然想起刚结婚时妻子坐在这张椅子上旋转的情形，那尖叫声又在耳边响起，听起来是那样刺耳，令他有些毛骨悚然。

　　他又拖着转椅向小区大门走去，他想这回要把它扔得远远的，亲眼看着装垃圾的车把它带走，让它永远找不到回家的路。他有些发狠地拖着转椅向前走去，看起来，这转椅是得罪他的，他脸上有一种惩凶除恶的快意。

　　走到小区门口，他听到门房里有一阵吵闹声，他知道那是门卫和他老婆在吵。他们的吵架史由来已久，小区里似乎无人不知。不过他是从不想管别人家的事，他甚至不想听他们在吵什么，但是门卫老婆的声音还是不由分说地灌进了他的耳朵。门卫的老婆说："你想把我扔掉啊？没那么容易。"

　　他蓦地愣了一下。

　　"你想把我扔掉啊？没那么容易。"门卫的老婆口沫飞溅地指着门卫的鼻子说。可是他却觉得这句话是对着他说的。他心里咯噔了一下，扭头看了一看在地上拖着的转椅，发现那开裂的皮革，好像一张张嘴，嘴里发出一种不屑的声音：你想把我扔掉啊？没那么容易。

　　这时，门卫的老婆从门房走了出来，看见他拖着转椅，有些诧异，说："还能用的，干吗要扔掉？我帮你捡回去好几次了。"

　　他呆呆地说不出话。

# 数字化生存

"……小曹呀，当年情况就是这样。参加革命心切嘛，所以多报了三岁。我党的原则，有错必改嘛。对对对，我跟陈部长打过招呼了，这事就麻烦你立即落实。"

关局长放下电话，心想又可以多干三年了，要是离了这位子那就太没戏了……

"关局长，您的电话。"

"喂——怎么？小了一岁就不让报名？今年实验小学还动真格的？这样吧，你马上到派出所，把小琳的出生年月改大一年，不，干脆改大两年，对，两年。你快去，我这就给曹所长打个电话。"

关局长放下电话，心想早读书早工作，无论如何得让孙子提前上学……"你呀你，真是书呆子，就不会灵活一点吗？数字出政绩嘛。你就在最后上报的数字上作点'处理'，这有什么难呢？"

关局长放下电话，心想儿子到下面的镇当了快半年的镇长了，看来还没太大进步，为个汇报数字也要向老头子诉苦，亏他还是数学系毕业的……

"关局长，关局长……"

关局长哦的一声，猛地从瞌睡中惊醒。看来真是岁月不饶人，怎么头一歪就……"什么事？"

"上面下了一个文件，提倡领导干部学点新科技。这是文件，还有几本参考书。"

关局长接过秘书送上来的东西，一边打着哈欠一边看了看文件，就把它们全放在了桌上。这时他瞥到一本参考书，书名叫做《数字化生存》。他觉得这书名怪怪的，便拿起来翻了翻，却是一个字也看不明白。关局长把它丢在桌上，起身伸了个懒腰……

# 现在几点了？

在父亲弥留之际，他从城里赶回了乡下的老宅。父亲看到他，似乎来了一点精神，从手腕上剥下那块戴了一辈子的手表，塞到他的手里，眼光定定地看了他一眼，然后头一歪就去了，什么话也来不及说。

父亲当了一辈子民办教师，把许多山里的孩子送出了大山，自己却像一盏燃尽的油灯被山风吹灭了。这块手表是父亲最值钱的个人物品，因为年深月久，加上磨损，手表早已看不出什么牌号，而且，指针正好停滞在父亲过世的那个时间，再也不走了。

从父亲最后的眼神里，他似乎明白了父亲的期望。从此，他就戴上了父亲留下的这块手表。

有一天，他下乡回来，路上忍不住问司机，现在几点了？司机的手表坏了，昨天刚拿去修，惊讶地说，局长，你的手表也坏了？他没多说什么，只是让司机跑快点，三点半市委还有个会。

局长戴了一块坏表的消息，不知怎么就传了出去。这天晚上，家里就来了一个客人，临走前留下了一块包装精美的名表，他看也没看，坚决地把它塞回到客人的怀里。

他还是戴着那块不能走的坏表，上班、下班、开会、检查工作，时常要问一下司机、秘书或其他工作人员，现在几点了？被问到的人迅速看一下自己的手表，回答出一个准确的时间，有的人还斗胆地趁机建议他换一块好一点的好表，他总是沉着脸不吭一声，久而久之，再也没人敢跟他提起换表的话题。

适逢发生水灾，他陪市领导来到街上察看灾情，领导突然问他，现在几点了？他愣了一下，连忙转头问身边的人，现在几点了？市领导当即不悦，在随后的灾情分析会上，还不点名地批评个别同志没有争分夺秒的精神，时间观念不强。他知道是在说他，也没有任何的解释，分内的工作及时地布置、安排，自己常常加班到忘记了时间——要不是司机或秘书提醒，他真的不知道是几点了，也难怪，他腕上的手表不能走，指针始终停在父亲过世的那个时间。

一年又一年，他就这么过来了。批评过他的市领导，以及欣赏他的市领导，接连落马了几个。有几次他似乎有升迁的希望，但最后还是原地踏步。这一年，有了手机，手机上有时间，他终于不需要再问别人了。而不久，他也退休了。有一天，在老人公园里，身边突然有个人问他，现在几点了？他伸出手腕给大家看，大家看到那是一只不能走的坏表。但是有一个内行的人发现，这是一只业已停产的有收藏价值的旧表，表示愿意用一只市价1千元左右的新表来交换。他笑笑地拒绝了。那人说，你这表都不能走了啊。他说，谁说不会走？一天准点两次。有一天，大学毕业刚刚参加工作的儿子忍不住说他，手机可以看时间了，何必还在腕上戴块坏表？他把手腕伸到儿子面前说，看到没？ 12点正，这是你爷爷过世的时间，我戴着它不是想知道时间，而是为了记得做人要像你爷爷一样正点。

# 儿子要回来

今天生意不错，不到十一点，所有的肉就都卖光了，案板上只剩下几点碎屑，空中飞着一只伺机偷食的苍蝇。小林子哼着家乡山歌和网络热曲混搭的调子，把案板最后清理一下，准备回出租房去，今天不用吃外卖快餐了，可以炒两个菜犒劳一下自己。

"小林子，今天你好卖呀。"旁边有人冲着小林子说，他也是卖肉的，案板上还有些大骨、白肉之类的没卖出。

小林子咧嘴笑笑说："不是我好卖，是肉好卖。"他正要从案板后面走出来，迎面看到徐婶站在面前，徐婶脸上带着一种尴尬，眼光眯眯地直盯着小林子，嘴角很生硬地抽搐一下，又一下。

"饭菜做好啦？"小林子打了一声招呼。

"我……"徐婶欲言又止。

小林子一眼看到徐婶手上的薄膜袋里的那根猪脚，有些疑惑不解。这徐婶就住在这农贸市场后面的小巷里，市场上的肉摊主对她都不陌生，因为她看得多买得少，甚至可以说几乎不买，偶尔买点也都是最便宜的五花肉，还要跟摊主镏铢必较大半天，就是买青菜，她也总是午饭前来买一些黄了的降价菜，有些摊主干脆就把快烂掉的菜送给她。今天一早，小林子刚刚把整坨肉摆上案板，徐婶就来了，眼光还是眯眯的，似乎带着一种抑制不住的喜悦，很客气地说："小林子师傅，猪脚还没卖掉吧？给我来一根后脚。"小林子帮她把猪脚跺好,装在薄膜袋子里,她用一大把毛票付了钱,居然没有讨价还价,满心欢喜地提着走了。但是现在,她怎么又提着回来了?

"哦,短你斤两还是?"小林子问。

徐婶摇摇头,嘴唇呶动着说不出话。

"那到底是怎么了?"小林子有点急了。

"能、不能把猪脚退还给你?"徐婶局促不安地说着,眼光里又是惶恐又是期待。

"你看我都收摊了,再说,都已经跺成一块一块了,怎么能退?"小林子说。徐婶眼光一下黯淡了,低着头嘀咕说:"这真是很不好意思……我们也不吃……"

"你不吃,怎么一大早就兴冲冲来买?"

"我儿子,昨晚上打电话说今天要回来,他爱吃……"

"哦,买给儿子吃的呀?"

"是啊,是啊。他最爱吃猪脚花生煲了。"说到儿子,徐婶眼光似乎又亮了起来,"他在大城市打工,难得回来一次,我想做猪脚花生煲给他吃。"

"那怎么?"

"他原本今天要回来的,刚才打电话来说,有个工友临时病了,让他替班,他想,替班可以多领一份工钱,今天又是黄金周第一天,车票涨价了,他就想多上几天班,过了黄金周再回来,多赚工钱又少花车钱……"

小林子心想,有其母必有其子,都这么会算,不过马上想到自己,从乡村来到这小县城谋生,每天早早到屠宰中心贩一头杀好的猪来卖,其实也跟他们一样,必须精打细算才有赚头,这日子才过得下去,正如大伙说的,生容易,活不容易……

"小林子师傅,你看……"

"今天儿子不回来,猪脚就放冰箱速冻嘛,几天都不会坏。"

"家里没冰箱……"

小林子怔了一下，城里人连冰箱都没有？他也不清楚徐婶的家庭情况，但是看她平时连没人要的烂菜叶也要捡回家，也就知道个大概，他脱口而出："儿子爱吃，你们就不爱吃吗？你和你老公吃嘛。"

徐婶像是慌了神，提高了声音说："哎呀，我们俩随便吃就行了，这猪脚太高档……再说，再说，他摔断了腿，在家都一年多没赚钱了……"

她的声音低了下去，小林子看到她头发里一绺一绺的斑白，心里叹了一声，说："好吧。"

"太感谢，太感谢了……"徐婶把装着猪脚的薄膜袋子放在案板上，搓着手，声音都有些颤抖了。

小林子记得这根猪脚是25元，就数出一张20元和一张5元给徐婶。她接过钱，手似乎都有些哆嗦，眼光闪闪的，然后缓缓转过身去，又回头说："等我儿子回来，我再来向你买。"

看着徐婶略微佝偻的背影，小林子心里咚地响了一声，他突然一下子想起了乡下的母亲。抬头再看徐婶，她脚步匆匆，已走出了市场。小林子急忙提起案板上那只装着猪脚的袋子，大步追了上去……

# 坐升降机的猪崽

傻丁从小就有些傻里傻气的,不然也不会落下傻丁这个名字。去年,傻丁也和村里一帮人到城里打工。有一天工休,大伙到街上闲逛,走过一幢高楼时,空中飘来一张纸片,飘飘忽忽就贴在了傻丁的脸上,他揭下来一看,立即惊叫了一声,原来是一张一元的纸币。有人就调侃说:"傻丁,你运气来了,再等会儿,天上就会飘下一百元的票子。"傻丁居然就不走了,仰起头望着几十层高的楼房,盼望天上掉下钞票来。脖子酸了,就埋下头转着圈子走来走去,然后继续抬起头。傻丁在这高尚住宅楼下面磨磨蹭蹭,直到街灯初上,还在那里转悠,他形迹可疑的样子终于引起保安的警觉。"喂,你!"有一个保安冲他喊道,他心里一慌,拔腿就跑。跑回工地的工棚里,大伙问他天上有没有掉下来百元大钞,傻丁直喘着气,一句话也说不出。

这阵子,到处都在说"金融危机""房市低迷",傻丁也不明白什么意思,反正他们在建的这幢楼停工了,包工头不见了,大伙都领不到工钱了。有人嚷嚷着到城里找包工头讨薪,有人就凑在工棚里打扑克,傻丁闲得没事干,就在工地附近胡乱扒拉着,捡些矿泉瓶子、塑料袋什么的。这天,他发现草丛里有一头小猪崽,鼻子里哼哼响着气,惊喜交加就把它抱了回去。

就这样,傻丁在工棚外搭了一个临时的小猪圈养起了小猪崽,他每天跑到附近菜地里捡菜叶来喂它，大伙打趣他说："傻丁，你要靠养猪渡过'金融危机'啊？"傻丁也不吱声，就一门心思侍候他的小猪崽。过了几天，这小猪似乎就跟傻丁建立了感情，傻丁走到哪，它也吭哧吭哧跟到哪。这天，傻丁要坐升降机到八楼一趟，小猪崽也闯了进来。升降机哐隆哐隆地往上升，小猪崽站在傻丁的裤腿边，像第一次坐电梯的小孩子似的，紧张而又兴奋地哇哇叫着。

坐了一回升降机，傻丁发觉小猪崽变得很有精神似的，心想，可不？这上上下下的，就是运动啊，运动能健身，自然身体就好了，身体好了就能长膘啦。他越想越高兴，从此早中晚每天带小猪崽坐三回升降机。大伙见傻丁这举动都笑了，有人说："傻丁，你这也傻得太离谱了。"傻丁认真地说："我这是给猪锻炼身体。"

大伙的嘲笑并没有让傻丁停止给猪锻炼身体，这天升降机哐隆哐隆刚降到地面，有人拿着手机对着傻丁和小猪崽直拍照。那陌生人看来有点身份，好奇地问傻丁："你这是干什么啊？"

"给猪锻炼身体。"傻丁很严肃地说。

"好，有创意，太有才了。"那人高声地称赞起来。

傻丁说："我以前在家养过猪，猪也要运动运动，肉才会有劲道。"

那人频频点着头，就跟傻丁商量说："我那有一批猪崽，跟你这差不多大，你每天给它们坐三次升降机，给你三十块钱，你看怎么样？"

傻丁愣了一下，这无异于天下掉钞票了，他赶紧点头同意。

那人立即打电话，不一会儿就有一部小工具车载着十头小猪崽来了。傻丁到底当过猪倌，训练有素地把它们哄进升降机的木格箱子里，然后升降机就哐隆哐隆往上升，猪崽们哇哇哇地欢叫一片。那人用手机全拍了下来。

第二天，那人亲自开着小工具车又载来了十头小猪崽，然后把坐过升降机的猪崽接走。这样过了两天，大家就奇怪了，问傻丁，傻丁只是傻呵呵地直乐，问那人，那人却是神秘地笑而不答。

第三天，居然有电视台记者扛着摄像机来拍摄了，晚上"市井趣闻"

栏目就播出了猪崽坐升降机的镜头,看到的人都觉得挺好玩的,这年头猪崽也健身啦。

每天带着猪崽坐坐升降机,就有钱赚,这活儿太轻巧了,也太奇怪了,大伙想,那人是不是跟傻丁一样傻啊?这天,那人又来了,车上却没有猪崽了,傻丁有些不习惯地问道:"今天不坐升降机了吗?"

那人哈哈大笑,说:"今天不用了,我新开的烤乳猪店已经打出名声,宾客盈门了!"围过来的工友这才明白,原来这人是烤乳猪店的老板,他把猪崽坐升降机的相片做成广告,声称这是"每天锻炼身体的健美猪",新店铺随即一炮走红,引起电视台的关注,更吸引了大批食客。

"那、那我没钱赚了……"傻丁失望地说。

那烤乳猪店老板拍拍傻丁的肩膀说:"小伙子,你人实在,到我那边去干活吧!"

就这样,大伙停工失业的时候,傻丁却意外找到了一份活儿,不由让人感叹,这傻丁有傻福啊。

# 极度惊吓

　　天金从城里开着一辆双头溜的小车回来了，家门口立即围满了人，大家都恭敬地和他打着招呼，但是他爱理不理的，脸色发黄，显得没精打采，这让大家很奇怪，他原来可不是这样子的人。

　　早几年，天金到城里闯世界，发了大财，去年回村里盖了一幢三层楼，平时就给他老爸老妈住，他和老婆孩子一家人难得回来，每次回来对乡亲们都还客客气气的。这次，天金是独自一人回来的，回来就躲在房间里，交代老妈说："有人来找，就说我在睡觉，让他明天再来。"老妈为他挡住了许多人，但是天明来了，却怎么也不好意思挡架，因为天明是村长，还是天金的堂兄。

　　天明一头走进房间，乍一见到天金就不由愣了："哎呀，你怎么了？"

　　天金坐在床道上抽烟，脸沉沉地说："最近老是失眠，做梦……"

　　"怕是生意上的事想多了吧，"天明笑笑说，"我看，还是顺其自然就好。想当年，我们三兄弟一双胶鞋轮流穿，现在你成了百万富翁，你还有什么不满足？想想天生，死了尸骨都不知在哪……"

　　听到"天生"这个名字，天金身子禁不住哆嗦了一下。天明、天金和天生，是三个各差一岁的堂兄弟。早几年，天金和天生满怀雄心地要到城里去打拼，那时通往城里只有坎坷不平的山路，他们刚刚走出几里路，就

· 047 ·

下起了大雨，那天傍晚他们不幸遇到山体滑坡，天生被冲落到谷沟里，连个尸身也找不到……天金连滚带爬逃到安全地带，大哭了一场，还是义无反顾地向城里走去。到了城里几天后，天金才写信告诉家中的长辈，天生在路上遇难了。那时，天生的父母都已过世，叔伯舅姨为他叹息一阵，掉几把泪，也没去找他，按风俗是要把他尸体下葬的，可是到哪里去找呢？天生死了，天金倒是在城里站稳脚跟，很快就发财了。

天金站起身，对天明说："不瞒你说，我老是梦见死去的天生，这次我回来，就想给他盖一座庙。天生本来要和我到城里闯天下，可惜他没这个命，活着也没享受过什么，死了至少让他享受一点香火。"

天明点点头，说："亏你还想着他，行，这事我来帮你办。"

天金要给天生盖一座庙，这事一下传遍了村里，大家觉得很新奇，虽然有人说，盖庙不如修路，但大家还是觉得，天金是有情有义的，天生地下也知，也该笑了。

很快，庙址选在了山坡下的一块荒地上，天明叫来一支施工队，铁锹锄头就挖起了地基。天金每天到工地来几次，看到工程进展顺利，脸上露出了满意的笑容，晚上也能睡得安稳了。

这天，天金因为城里的公司有急事要处理，他不得不赶了回去。几天后，天金接到天明电话，说小庙已竣工，天生的木像也请人雕刻了。天金连声说好，第二天又驱车回到了村里。

这一回，天金的精神看起来就好多了，他热情地跟乡亲们打招呼，还不时拿出软中华，给人递上一根。这时，他看到垃圾堆那边坐着一个蓬头垢脸的乞丐，定定地望着他，心头咚地一跳。那乞丐披头散发，肮脏的头发几乎盖住了脸，只露出一双呆滞无神的眼睛。有人告诉天金，这乞丐不知是从哪里流落来的，全身脏兮兮的，没人敢靠近他。天金若无其事地哦了一声，便请大家到家里泡茶，同时商议一下庙的命名、开光剪彩等等事项。晚上刚吃过饭，天明跑来了，兴冲冲地告诉天金，那尊天生的木像送来了，已安放到供台上。天金便起身往庙里走去。

红砖绿瓦的庙，看起来小巧玲珑。天金一边走进庙里一边在心里说：

"天生呀，我这算对得起你了，你就别来扰我，以后我赚我的活钱，你享你的香火，我们相安无事吧。"

走到供台前，天金抬头一看，不由目瞪口呆，突然惊叫一声，全身发抖，膝盖一软，"扑通"就跪在了地上，脑袋不停地磕着。

原来供台的灵位上坐的根本不是天生的木像，而是那个蓬头垢面的乞丐。谁也不知道乞丐什么时候跑到了这里来，而且居然坐到了灵位上！

天金浑身筛糠般哆嗦，一下一下地磕着头，鼻涕和口水流了一脸，粘上了地上的灰土，使他的脸变得花花绿绿。由于过分惊悚，他的声音抖得厉害，但是随后赶来的天明等人，还是听明白了："天生呀……别吓我……那天我不该把你推下去……都怪我……"

原来，天金和天生那天遇到山体滑坡，两个人共同抓住了悬崖上的一棵树，天金怕一棵树受不住两个人，就把天生推了下去……这些天，他老做噩梦，梦见天生来缠他，便想到盖一座庙，求得一点心安，谁知道他反而被吓坏了。只见他头一歪，栽倒在地上，大家手忙脚乱把他抬回家。

天明回头跑到庙里，供台上的那个乞丐已经不见了。他不能确定，那个乞丐到底是不是天生？也许是天生，他被推落山谷并没有摔死，只是摔傻了，然后漂泊四方，凭着模糊的记忆又回到了村里，也许不是天生，只是一个流浪乞丐的恶作剧。但是不管是不是，天金却是被吓疯了，嘴里不停地念叨着："天生……都怪我……别吓我……"

## 苏老板的手提包

苏汉山又回来了，他依然穿着皮尔卡丹西装，扎着鳄鱼牌皮带，脚上是都彭皮鞋，手上提着一只沉甸甸的圣大保罗牌公文包，显得神采飞扬，富贵逼人。

几年前，苏汉山从政府机关辞职下海，成为小城里该年度的热门话题之一。人们不大清楚他到了哪里，在做什么生意，但每次看到他回来都是一身名牌，脸上似乎也是一片光彩照人。有人问他在外面干得怎么样，他总是笑笑说："还行吧。"脸上的表情显得很神秘。

因为老婆女儿还在小城里，苏汉山便时常回来，差不多每次回来，他都要叫上几个老同学、老同事到一间比较好的酒店撮一顿，有时别人说要买单，他便不高兴了，瞪人一眼说："怎么了？你们比我还有钱是不是？单位里那点工资，鼻屎大，我是赚少才下海的，不瞒大家说——"说到这里，他便故意停顿了。于是大家就附和："是呀是呀，你现在发了。""现在要叫你苏老板了，身份跟我们不一样了。"苏汉山面带微笑，坦然地接受人们的恭维。

这次，苏汉山刚出车站就打电话给张欣，听说几个高中同学提议开一个同学会，连家也不回，就先赶到张欣家里，劈头盖脸地说："好呀，开个同学会，所有费用我来出。""到底是苏老板啊，气派！"张欣赞叹道。

苏汉山摆了一下说:"这有什么?用不了几个钱。"他把手上的提包从左手换到了右手,接着说:"钱再赚就有了,同学可不会再有了。"

张欣感觉他的提包太重了,想把它接过来放在沙发里,但苏汉山一手挡住了他,另一手更紧地抓着提包,那神色好像提包里是核按钮机关一样,任何人不得接近。

"苏老板的包,看起来很高档呀。"张欣说。

苏汉山说:"那是,POLO,中文名圣大保罗,一千多块呢。"说着,他干脆把包抱在怀里,像抱着小孩子一样。

张欣说在家里请他吃饭,苏汉山连忙说:"你不用破费了,还是叫几个老同学一起到大酒店去,我买单。"

电话联络了几个老同学,说定时间和地点。苏汉山提着那从不离身的提包,走进张家的卫生间,掏出手机打通了老婆的电话,说:"我回来了,晚上请工行的翁行长吃饭,谈一笔一百万的贷款。"老婆在电话里哦了一声,说晚上正好单位会餐,她准备带女儿去。

苏汉山从卫生间出来,便和张欣一起向富丽华大酒店走去。张欣发现苏汉山手上提着包,便建议搭个三轮车,苏汉山说:"我在外面都是开车,回来正好走走路,算是锻炼一下吧。"

到了酒店,几个老同学也陆续来了,大家便分头坐下,苏汉山身边空一张椅子,专门放他的提包。同学们一边说话一边吃菜喝酒,话题主要集中在苏汉山身上,一致认为,他真是一个太难得的好同学了,敢拼,有闯劲,大方豪爽。苏汉山笑眯眯地说:"你们就爱夸我,不就是我比你们胆子大一点吗?一个人走到外面的广阔世界,我感觉只要把握好机会,就能够成功。"

大家点头称是。苏汉山喝了一些酒,脸上都有点泛红了,他起身离座往洗手间走去,手上依旧提着他那沉甸甸的名牌提包,这让大家很奇怪,那包里到底有什么宝贝?时时刻刻不离手。大家便开玩笑地猜测,那里面有一台笔记本电脑、一叠公司报表、几份商业合同、一札现金、五六张银行卡,还有一本护照,最后张欣笑着补充说:"还有一盒避孕套。"大家都大笑了起来。

苏汉山提着包从洗手间走过来，大家这才止住了笑，但是脸上的笑意还是让他觉察了，他好奇地问："你们笑什么？"

有人就吃菜喝酒，装作没听见，还是张欣回答了他："大家说你呢，走到哪都提着包。"

苏汉山把手上的包提起来，掂了掂，说："这里面的文件太重要了，还有笔记本，上面全是公司的最高机密呀，我丢过一只包，从此之后就格外小心了。"

大家便恍然大悟似地哦了一声。苏汉山小心翼翼地把包放在身边的椅子上，时不时用手去拉一下它的带子，生怕有人突然会把它抢走似的。

喝着喝着，有人就有些上脑了，大声嚷嚷地行起了酒令。这时，苏汉山突然看到女儿跑了过来，叫着"爸爸，爸爸"，他愣了一下，连忙把女儿拉到怀里问个究竟，原来是她妈妈带她来参加单位的会餐，她吃饱了，就和同来的一个小朋友在大厅里跑来跑去。苏汉山心里咚的响了一声，刚才他还骗老婆说晚上要请行长吃饭呢，要是老婆发现他只不过是和老同学在一起，那可不好⋯⋯

"你回你妈那里去，别说爸爸在这里，爸爸还有正经事要谈呢。"苏汉山对女儿说。但是已经迟了，老婆那边刚好吃完，她径直走了过来。

苏汉山神色突然变得有些慌张，好像做了什么亏心事一样。老婆看到他时也有点惊讶，不过随即淡淡一笑，说："你也在这里呀。"

桌上那几个老同学便起哄说："夫妻在此相逢，你们两个干一杯吧！"

苏汉山连忙扶着老婆的胳膊往旁边走去，对她解释说："我晚上原本是约了翁行长的，我们准备在凯歌饭店吃饭，但他家里突然有紧急的事，来不了，我就和几个同学到这里随便喝几杯⋯⋯"

"那你们喝吧，我带女儿先回家，别喝太多。"老婆说。

苏汉山松了口气，掉头往酒桌那边走去，这时他不由倒抽一口冷气，他惊讶地看到女儿正从他的提包里掏出一叠旧报纸，桌上已经放着她掏出来的一本故事杂志、一个手机充电器和一瓶喝了一半的矿泉水,那几个老同学全都饶有兴趣地看着女儿掏他的包,眼光里充满了窥视的喜悦。

"你!……"他凶猛地扑过去,把他的提包夺了过来,怒气冲冲地盯着女儿,"小孩子怎么能随便翻大人的包?"

女儿吓得哇地一下哭了。桌上的同学们便劝说:"算了,算了,小孩子不懂事,再说也是自己的女儿。"

苏汉山愣愣地看着桌上那些从包里掏出来的东西,羞愧难当。他不敢面对老同学的眼光,名牌提包里的秘密已经公之于众,自己就像是被剥光衣服示众一样。

老婆走了过来,叹了一声,说:"其实,我早知道了,你在外面的公司一直很不景气,最近也没什么业务,大家都是老同学,你在大家面前摆阔有什么意思呢?你也活得太累了。"

苏汉山脸色发青,像是一摊泥一样瘫了下来……

# 我爷爷一生的三个片断

1

那天冬天第一次下霜之后,我爷爷就病倒了。天气一天比一天冷,我爷爷的病情一天比一天重。但是他从不呻吟一声,时常打起精神靠在床板上,和前来探望的亲友闲扯聊天,神情泰然自若,语调平静,很难看出是一个病榻上的老人。

入春了,我爷爷的病情似乎有所好转,那天有几个山后坂的亲戚来看他,都说他的精神状态看起来不错,说得他眼眯眯地满脸腼腆的笑意。

这天傍晚,我爷爷突然对我奶奶说:"晚上山后坂那边演电影,你带孩子去看吧。"

那时节演电影是一个村子的大事,周围十几里的人家都会扶老携幼赶去看。我奶奶也算是个电影迷,但她怎么放心得下久病的我爷爷?

"去吧,我没事,你看我这几天不是好多了吗?"我爷爷说。"你们这大半年够累的,去看个电影,算是犒劳一下眼睛,我在床上睡一觉,你们也就回来了。"他费了好多的口舌,总算说动了我奶奶。

再说我奶奶带着我父亲走到三公里外的山后坂,发现这里根本就没放电影,大腿一拍说:"这老货子,又骗人了。"

母子俩急匆匆赶回家里,我爷爷穿戴一新,笑眯眯地靠在床上,用一种慈爱的眼光迎接他们。

我奶奶一看我爷爷穿上了准备过世后穿的寿衣，心里又气又好笑，最后只是轻叹一声说："你呀你……"

"拖累了你一辈子，这大半年又像孩子样让你照顾，我心里很过意不去，这最后一次穿衣就不麻烦你了。"我爷爷说。

这天深夜，我爷爷安详地离开人世间。

## 2

我爷爷集美师范毕业后，在马铺小城教书，他爱看鲁迅、巴金等人的著作，爱议论时政，被当作共产党人，受到特务的秘密跟踪，有一次还差点被抓进警察局。有一次，我爷爷和一个同乡好友喝酒，那好友对他说，像你这样时常被怀疑是共产党，多累呀，干脆就入个国民党吧。那天我爷爷喝得有些多了，稀里糊涂就点头同意，签名入了国民党。

从此，没人找我爷爷的麻烦，但更大的麻烦来了。因为政权更迭，国民党逃到了台湾，共产党当家作主。像我爷爷这样有历史问题的人，自然就成了反革命分子，革去教职，发配到乡下劳动改造。

那时节是生产队的集体化劳动，最重最脏的活儿总是落到我爷爷头上，他也不敢吱声，谁叫自己成分高呢？还是赶紧干活吧，一旦完不成，免不了要被抓起来批斗。

那天生产队长给我爷爷派了一项重活，两天内把村后那块荒坡翻一遍，准备种番薯。那些天我爷爷有点发烧，身上软绵绵没几两力气，他一听到生产队长下达的死命令，头就大了，那块荒坡杂草都有半人高了，土壤硬得像棺材板，别说他一个人，就是十个壮劳力，三天也挖不出可以种番薯的地。

那天晚上，我爷爷坐在门槛抽着自己卷的烟，好像很清闲一样。我奶奶说了，她要帮他去挖地，把我父亲也叫上，能挖多少算多少。

"我不用你们帮。"我爷爷冲我奶奶笑了一笑。

第二天一早,我爷爷扛着锄头出门了,却没往荒坡上去,而是走进了大队部。他把锄头靠墙放好,一走进贴满标语的书记办公室,便态度诚恳地说:"书记,我来交代,我前几天忘记交代了……"

原来前几天,大队根据阶级斗争新动向,召开一次批斗会,要我爷爷这样的四类分子进一步交代罪行,交出所有的反革命证据,比如过去的房契、地契等等,哪怕一块巴掌大的民国报纸也是罪证。那时,我爷爷没什么好上缴的,被人在大队部多关了一晚上。现在好了,他主动来交代了。

"我、我有一包反革命报纸,埋在那块山坡上,我忘记是哪个角落,反正就在那块山坡上,我坦白……"

大队书记一听,这可是重大情况呀。他立即召集二十几个强劳力,带上锄头土锹,浩浩荡荡直奔那块荒坡。这群人乒乒乓乓就挖了起来,书记指示掘地三尺也要挖出反革命的物件,大家便干得格外热火朝天。

从早上挖到日头下山,整块荒坡全翻过了一遍,可是一块纸片也找不到。书记有些奇怪了,紧紧盯住我爷爷。

"可能……"我爷爷有些不好意思地笑了一笑,"时日这么久了,那些反革命物件早就溶化了,变成土了……"

身先士卒的书记累了一天,黑着脸瞪了我爷爷一眼,气鼓鼓地走了。

就这样,我爷爷一天就完成了队长派下的本来不可能完成的任务。

3

据说我爷爷在娘肚子里比别人多待了半个月,他似乎是不愿意来到这个人世间。

那天,我爷爷的娘照样下地干活,因为肚子里依然没有什么动静,可是天快黑时,她的肚子突然痛了起来。那时她已经生过三个孩子了,知道这是怎么回事。她痛得大汗直冒,不由一屁股坐在了地上。大约一袋烟功夫，孩子生下来了，却是不声不响，她心里叹息了一声，用一件褂子把孩子包起来，放在田埂边上，独自走回了家。

我爷爷的娘回到家里，对我爷爷的爸说，她在地里生了个孩子，一生下来就死了，让他去把他埋了。

我爷爷的爸没说什么，勾着头就出门去了。没过多久，他就抱着一个啼哭的婴儿，兴冲冲地跑了回来，他一边跑一边说："他没死，他还活着！"

大家都说，我爷爷的命是拾来的，就把他取名叫作拾来。

其实，哪个人的命不是被人拾来的呢？

# 贺年片

"什么？你说什么？"

简志祥看见父亲的眼睛骤然瞪大起来，这是他没想到的。父亲教了三十多年的书，前几年因为青光眼退休了。在简志祥看来，父亲一直郁郁寡欢，教书这一职业似乎并没有给他带来什么，今日为何一听说我要弃教从商就反应如此强烈呢？

"你说什么？你再说一遍！"

简志祥干脆一声不吭，任由父亲痛心疾首地义正辞严地语重心长地教训起来。

"当教师怎么啦？清贫是清贫一些，可是为社会传播知识传播文明，还有什么比这更高尚？人活在世，要追求有价值的东西。钱固然好用，可是你想想，每逢过年过节，你教过的学生们纷纷给你寄来贺年片，这是钱买得到的吗？这不是最大的精神享受吗？……"

"嘿嘿……"听到这里，简志祥忍不住地偷偷笑了几声。

简天放老师到底教过多少学生，他也说不上来。那三十多年似乎只是一个眨眼，而头发被粉笔灰染白了，背也站驼成一弯弓。他兢兢业业，充满一种职业自豪感。虽然"文革"中落难了几年，但这之后又扬眉吐气起来，多少也风光了一阵子。只是这几年来，世道似乎走了样，忽然一摸自己的脸颊，原来瘦得这么厉害，脸上的光彩哪里去了？连摆摊的小贩子也常常在光天化日之下不屑地高贵地撇嘴说:"哼,那些教书的!"简天放老师不免暗暗叹息和悲哀,然而他不悔当初的职业选择,也不悔讨了一个当民办教师始终没转正的老婆(现在不在人间了),也不悔把两个儿子分别送进师大和师范(现在大儿子留在省城教书)。是啊,当教师是要穷困得多,可是你有别人无法得到的乐趣,这不就令人欣慰和满足吗?

简老师每每就想起那些贺年片。

这是去年和今年教师节、元旦期间,他的学生们从全国各地寄来的。虽然以前也曾收到过一张两张,但去年元旦那天,一下子便涌来十多张,把他感动得着实不得了,眼眶湿了好久。

"阿样,阿祥!"他声音颤颤地叫,"快来念给我听听!"

他的眼睛很不好使了,自然需要儿子代劳。儿子从内屋走出来,笑笑说:"爸,你前不久还不是在叹息说,教书教得半死,学生一个个都把你忘了?"

"唉,现在不是来了这么多?快念念。"简天放兴奋地说。

这些贺年片内容大同小异,祝老师新年愉快,祝老师身体安康,祝老师退休生活充实云云,最后还有署名;您的学生xxx,您也许已经不记得的学生xxx。对于这些姓名,简天放确实很难把它们跟某个具体的人一一联系起来,但教师记不得学生而学生还记得教师,这也是正常的情况。他一边听着儿子念贺年片,一边哆哆嗦嗦的说不出话来。

简天放一想起这些贺年片,心里头就热乎乎的。是啊,你是万元户,可是会有这么多人挂记着你、感激着你吗?简天放感到头上又有了一圈光环。如果说他以前不免常常叹息和悲哀,那么这之后,他有的是强大的心理优势,走过街上小贩的面前,背虽是驼的,头却高高偏着。

"你笑什么?"

简志样看见父亲满脸肃穆,忍住笑,不说话。

"别胡思乱想,安安心心地把书教下去,有一天你就会明白,你得到的东西是无法估量的,比如,你看,我从去年开始,收到那么多贺年片……"

"贺年片，哼哼……反正，我要去。人家帮我联系好了一份工作，我说什么也要去。"

"你！"

简志样看见父亲的一根手指头向自己直颤过来，他没想到父亲会如此强烈地反对自己。这几年来，商品大潮骤起，势不可挡地冲击着人们的价值观念，那么多人在"跳槽"，那么多人在狠狠地挣钱！偌大的校园似乎已放不下一张平静的书桌，简陋的教室如何抑止教师的叹息呢？看来，我给父亲太多的"乐趣"、太多的"精神享受"，太多的"心理优势"了，无形中却是给自己设置了一个障碍。必须让父亲明白，我现在不走，春节过后一定要走，也一定走得了。在简志祥心里，一个残酷的计划已经成熟。

"算了，我暂时不打算走了。"简志祥说，他做出顺从的样子，走回房间。

"这就对了，你看那些贺年片，贺年片……"父亲自语着。

铺开信纸，简志样奋笔疾书，给他远在省城教大学的哥哥写信。

哥：春节快到了，你是否打算回家？告诉你，不要再给爸寄贺年片了，一张也不要寄，这样他就不会再有巨大的精神优越感，反对我的态度必定有所改变，我便可三十六计走为上计……

# 冰　棒

把斗笠压低，压低。

再压低，就挡眼了。占大庆只好顶上一点。

遍地是闪晃晃的水光。该死的台风雨，也不招呼声，说来就来，一来就两天，把天气下凉了，把人下凉了，这天气还有人要啃冰棒吗？本来，今天是不准备卖的，但是听到老婆在床上一个劲地呻吟，突然竟有点儿烦，就出来了。也许今天天气转热，也许就我这么一摊，生意会很好的。占大庆到冰棒厂一问，今天生产不多，只有他一个人上门。他眼光灿烂了一下。

"叮咚叮咚……叮咚……"

占大庆一手握车把，一手扶住车架上的冰棒箱，同时摇响铃铛。他把眼光看在车前轮上，一步一步推着车走。冰棒箱沉沉的，到现在还没有卖出去一根，这鸟天气！

"叮咚叮咚……叮咚……"

第一次上街的情形，简直像是走向刑场，现在当然要坦然多了。这有什么呢？暑假里做点小本生意有什么呢？不就是需要钱吗？不就是需要挣点钱吗？"叮咚叮咚……叮咚……"

铃铛声慢慢地变成了老婆的呻吟声，占大庆心里顿起一股温情和悲伤。唉，可怜的女人，跟了我这么一个教书的……

突然，占大庆一脚踩进积水里，泥水溅满裤管，真叫人难堪，好在圩街上并没有什么人注意他。前边是一家制茶厂的旁门，他赶忙把车子推过去。

架起车子，在比较干净的一摊积水里荡荡脚，叹一口气，重重地叹一口气。

这鸟天气！

占大庆呆呆站着，全然没有讲台上的风采。物质决定意识，实在是这么一回事。

"喂！"

占大庆一愣，他没弄明白面前怎来一个面生的小伙子，而且手上提着一只塑料桶。

"你的冰棒，全买了。"小伙子说。

"我全买了。"小伙子又说。

"唔，唔……"占大庆缓过神来双手哆哆嗦嗦的，从车架上搬下冰棒箱。

五十根，一下就销出去了，真是！占大庆心里一阵阵激动。

第二天，占大庆又来到这个地方。那个小伙子又提着塑料桶出来了，把全部冰棒买去。占大庆满怀感激地目送着他走进茶厂。一连几天，都是同样的情况。他们之间仿佛有了某种默契，占大庆一架好车子，小伙子就来了。

占大庆一方面庆幸碰上大主顾，一方面又感到疑惑不解。有一天，他忍不住问道：

"你们茶厂……用这个解渴？"

"不是。"小伙子说。

占大庆更加疑惑不解了，但东西卖得出去，仍然是高兴的，他说："真不好意思，一根少算两分钱吧？"

"不要。"小伙子说，递上钱。

占大庆不接。教书匠的脾气来了，他说：

"你要回答我,你天天买这么多冰棒做什么用?"

"我们厂长叫我买的,我怎知道做什么用?"

"你们厂长?"

"拿去吧。"小伙子把钱放在冰棒箱上,走了。

"哎!哎!"占大庆赶上去,"你们厂长叫什么名字?"

"王长生。"

"王长生?"占大庆实在想不起这个"王长生"跟他有什么关系。

回到家里,占大庆给老婆沏了一杯茶,送到她手上。

老婆今天气色很好,她说:"这些天看来,你生意不错。"

"是不错。"占大庆若有所思地说,"有件事很怪的,那个茶厂的厂长天天叫人来买一箱的冰棒。"

"茶厂的厂长?他不就是你的学生吗?"

"什么?你说什么?"占大庆惊讶极了。

"不就是那个叫……王,王长生的吗?"

"王——长——生!他也会办厂?王长生——"

占大庆脑袋里轰一声,全想起来了。这个王长生,他不这样叫他,而叫"大路货"。

大约十年前,是有过那么一个学生,成天蹓蹓荡荡,上课打瞌睡,考试作弊,实在不是一个好学生。唉,你这个"大路货",不好好念书,你长大要干什么?占大庆一看到他就痛心疾首起来。你呀你,长大就是卖冰棒的料子!

卖冰棒!卖冰棒!卖冰棒!

占大庆忍不住苦笑了几声。

# 他和他的遗像

太阳光被乌云遮断，紧接着，风号叫着来了，呼呼……呜呜……

昨日，广播匣子通知说，由于受六号强台风的影响，今天全乡将有暴风雨。昨晚阿洁就不能睡安稳了。现在，她所担忧的时辰到了，她的心更加不安地狂跳。

他会怎么样呢？一个人在外……

阿洁紧结着眉头，心里一片空茫茫，全没了主意。她关上所有窗子，可是立即觉得太闷了，却再也不容易打开了，因为风顶着。她狠狠地推，一咬牙，窗子推开了，风呼地灌进来，仿佛当面给了她一掌。

阿洁踉跄几步，站稳了，她心里愈力口焦急地想着：

他会怎么样呢？一个人在外……

这么猛的风！他会怎么样……

他那瘦巴巴的身子，平时大家开玩笑说一阵风就能刮倒的，今天这么猛的风，不会把他刮倒吗？

都怪他自己，工作起来没日没夜的，今天跑这个村，明天跑那个寨，全凭一架破脚踏车，咔啦咔啦的，一到村就跟农民粘在地里，总是弄得一身泥，哪像个乡长模样啊……不要命地工作，又不注意营养，吃两餐冷饭是一天，泡快熟面也是一天，身体又不是铁打的，怎不会垮下去啊……

风更猛了，忽然间，四周响起劈劈啪啪的雨声，像密集的点射一样；

一时风雨交加，好像千军万马，呼啸着把整个木房子团团围住。

阿洁不停地搓着手，她的心随着风雨声一阵阵地抽紧，她拿不定主意。

到底，要不要给他送雨衣呢？这么猛的风，这么大的雨，他独自一人在外……不送，报复他一下。去年元旦，他们还在度蜜月，过了三十岁才结婚的人，本来应该更那个一些，可他不仅宣布两年内不要孩子，而且心里很快就没有她了，成天埋在什么《乡镇企业五百问》，什么《制茶技术》鬼书里面。元旦那天，给他买了电影票，居然不去，说你去吧，我无论如何要在晚上完成创办茶厂的可行性报告。见你的鬼，一个人去就一个人去，哼！还假惺惺地说，如果天下雨了，我给你送伞。雨果真在散场时下来了，却不见他半个人影，直到雨差不多歇了，他才慌慌张张跑来。好，今天我要报复他一下……可是，他的身子那么差，这么猛的风，这么大的雨，他吃得消吗？

风挟裹着豆大的雨粒，从窗子打进来。等阿洁费劲关紧窗子，地上已淌着许多水，身上也湿了一半。阿洁用手扫去衣服上的雨珠，在床上坐下来。阿洁心中排浪般地翻腾着那个执着的念头：

他一个人在外，会怎么样呢……

这时，风更猛了，雨更大了，好像两个魔怪，把整个木房子摇得嘎嘎直响，桌上的台历都震到了地上。阿洁似乎听到木板发出一阵哀怜的声音："挺不住了，挺不住了……"

天啊，这么猛的风，这么大的雨，这房子快要倒啦。都怪他！都怪他！本来乡政府分给一套新房，他却让给了别人，现在好，这房子快要倒啦，这么猛的风，这么大的雨……不行，不行，得赶快给他送雨衣！我的冤家呀，这么猛的风没把你刮倒吧，这么大的雨没把你浇湿吧，我这就给你送雨衣，这就去！这就去！

阿洁把他的黑雨衣挟在腋下，抓起一把伞，猛地打开房门，可是她还没走上几步，就听见房里啪的一声，有什么东西从板墙上掉在地上。风确实太猛了……她回头一看，原来是他从墙上掉下来了。那是他的遗像。

一个月前，他积劳成疾而英年早逝。但是他一直活在她的心中。

# 谦 虚

上学第一天，他的耳朵被母亲轻轻拧住。

"你要谦虚一点！"这是母亲的告诫。

他委实不懂得"谦虚"是什么东西。后来，课文里学到毛主席的语录：谦虚使人进步，骄傲使人落后。"你们要把这句伟大的真理刻在心坎上。"老师说。他总算知道了一点，"谦虚"是一种好东西。

爸妈见到造反派，连忙绽开笑容，恭敬地谦虚地说："向革命派学习！"

老师见到学生，连忙陪出笑容，正经地谦虚地说："向革命小将学习！"

学生下乡支农，到了田头便谦虚地连连呼喊："向贫下中农学习！"

他感觉到，原来谦虚像空气一样，是必不可少的。

后来，他下了乡，把"谦虚使人进步，骄傲使人落后"抄在纸上，贴在案头当作座右铭。后来，推荐上大学时，都说到了他，这孩子谦虚，好！

于是他就上了大学。在大学收到父母亲的第一封信，信中写道：……在各种讨论会上，你都要争取发言，但不能抢在前面三个，最好在第五个发言。首先要讲伟大领袖如何英明，形势如何大好；其次讲学校领导如何正确，成绩如何巨大，最后联系自己，讲讲自己怎样受到教育，态度一定要非常谦虚……

后来，他毕了业。本来分配在县里，他赶忙跑去谦虚了一遍："我不行……"便被分配到乡下。

后来，乡里得到上头指示，重视提拔知识分子干部云云，都提到了他，这小伙子谦虚，好！

于是他就当了副乡长，本来他是要谦虚地辞掉的。辞不掉，只好当起来。他常常说："我没什么能耐，都是党的开放政策英明，书记乡长领导有方。"书记乡长心里便有了许多高兴。

后来，他恋爱结婚了。他说："我不行……"新娘子心中惊颤。后来才知道虚惊一场，他不是不行，他是凡事都要谦虚一番的。

后来，选拔县长，都提到了他，这年轻人谦虚，好！

于是他就被选作了县长，他知道，老同志们，最看重他的谦虚。他说："我确实没什么才干，既然让我当了，我就一定要当好，把我县经济搞上去！"掌声顿时雷动。

处理文件、做报告、下乡蹲点、外出参观学习……他勤勤恳恳，夜以继日。都说县长啊，为了我县的经济发展，把人都熬瘦啦。终于，有外商来洽谈投资事宜了。他说："敝县条件差，人才奇缺，交通不便，通讯落后……"

话音未落，外商害怕艾滋病传染似的跑了，他第一次对谦虚产生了困惑。

后来，他谦虚地提出了辞职。这年头，只有争官，哪有辞官？全县朝野哗地惊动了，大家猛然想到，这样的官多难得！

于是，不但不肯他辞职，还选他连任。

再后来……

# 钱教导

钱教导和"土楼乡中学"的牌子站在一起。今天他值班,他专门守在这里等着抓迟到的学生。

校牌很旧了,钱教导的衣着也旧了,甚至他的脸色也显得生锈般的陈旧。这样看起来,他和校牌站在一起,便很协调。

上课铃响了好久。有个学生胸前晃荡着书包,不慌不忙地走来,等他近了,钱教导猛地叫道:"又是你,富贵!"

每次值日,不是抓到他迟到,就是抓到他早退,钱教导格外有印象,一直记得他就是初二(3)班的肖富贵。

肖富贵听到喊声,愣了一下。

"你迟到几次了?我要通知你家长。"钱教导说。"我老爸正想叫我学杀猪……"肖富贵嘟哝了一句。

"你放学后到教导处来找我,"钱教导说,"现在快去上课!"

"那,"肖富贵说,"我不上课了……"

"不行!"钱教导伸出一只手想要抓他,却抓了一个空。

肖富贵已经远远地跑了,嘴里嚷着:"我要去学杀猪!杀猪……"

钱教导把这事告诉了班主任。班主任傍晚去家访,回来时直摇头,说没办法。钱教导想怎能想做生意就做生意呢?他准备亲自去家访一趟,但后来不知因为什么事,到底没有去,也就淡忘了。

这几天，老婆生病卧床，女儿不在身边，钱教导只好提起篮子，结婚20多年来，钱教导极少上市场买菜。他先买了几斤已过时令的便宜菜，然后朝肉铺走去。

肉铺的屠户大都知道他是中学里的钱教导，纷纷亮出响喉：

"来！来！钱教导！"

"我这还有三层肉，又肥又便宜！"

"钱教导这边来！"

这里头有个稚嫩的吆喝显得很尖细，钱教导就停在他面前。正是那个肖富贵，脸上，衣服上四处泛动着猪油的光彩。

"钱教导，你要买什么？"肖富贵非常老练地说。

"这个。"钱教导手指了指，觉得舌头有些生涩，"你多久没念、念……"

"钱教导，你爱吃三层肉啊？这太肥了，现在只有乡下人才买。给你条肉，算作三层肉的价好了。"肖富贵更加老练地说。

"好，好，好……"钱教导说，"生意还好吧？"

"还好，一个月能挣八九百块。"肖富贵称着肉说。

钱教导惊讶地叫道："哇，这是我两个月的工资啦……"

肖富贵笑笑，兴奋地在脸上抹了一把，使脸显得更加光彩焕发。

钱教导心里叹了一声，把肉放入篮子，转过身走了。忽然身后传来一声猛喝："钱教导！"钱教导吓了一跳，手上的篮子差点掉到地上。他听见肖富贵的声音像雷声一样滚过全市场："钱教导！你还没交钱！"

·069·

# 白痴天才

不知小时落下什么病,已经5岁,还咿咿呜呜不会说话,看人眼光是斜的,显出一种顽固的痴呆,有时还悄悄淌出口水,在下巴和脖颈上蜿蜒流着。

这么个小女孩,五官端正,父母亲都是知识分子。

摇头。叹息。唉!唉!

她画了一幅小朋友玩游戏的画。

她画的?

摇头。不相信。

当场叫她再画。几双大人的眼睛盯着那只麻秆似的细手,它好像不是一个5岁痴呆女孩的手,而是魔手。

三下五下,又一幅画栩栩如生在纸上。

所有的眼睛都瞪呆了。

这幅画送到省里参赛,毫无争议获得一等奖。

惊奇。赞叹。然后又是摇头叹息。唉!唉!

有一天,她忽然操起小提琴,很有样子地搁在肩上。

放下!叫声里透着生怕她摔坏琴的焦急。

但是,一股轻柔的琴音已从琴弦上泻出。

她拉的是梁祝。

如泣如诉，如梦如幻，感动出一行行泪水。

惊奇。赞叹。然后又是摇头叹息。唉！唉！

天才！天才！可惜……是个……

要是能把她脑子治好，不知道她会有多了不起啊！

寻医。访药。一上北京。二上北京。三上北京。

深受感动的科学家自告奋勇。查资料。研讨。试验。治疗。再查资料。再研讨。再试验。再治疗。

清晰的一声"妈妈"，证实了科学家的成功。

太好了！太好了！

巨大的狂喜。

她能说话了，而且不斜眼看人，而且不流口水，而且笑得很灿烂。

深深的欣慰。

她终于像正常儿童一样上小学了。每天上学，放学……

给她一张纸，她半天只在上面留下一团肮脏的墨迹。

看见小提琴，她不知是何物。

怎么啦？

脑子治好了，正常了，反而……

这真是太奇怪啦！

惊奇。困惑。然后又是摇头叹息。唉！

一个天才……这真是太奇怪了，唉！

# 熟人不行生分礼

下午3点左右,在城里工作的小弟捎来口信,老娘生病住院了。李老师心里很着急,当即包了四斤自家做的上好龙眼肉还有几斤茶叶,急匆匆赶往车站。老娘随小弟在城里住了将近两年了,她的老毛病就是血虚,正好可用龙眼肉补补身子。茶叶嘛,就送给小弟。

下午进城的班车已经全部开走了。李老师被告知6点半左右还有一趟过路车。他看了看表,4点,那还要等两个半小时啊。他不由叹了口气,也只好等了。有什么办法?李老师一会儿心急如焚,一会儿又百无聊赖。他在车站四周走了几十个来回,以为该5点了,一看,却只有4点5分,真是度时如年啊。不行,得找个地方泡杯茶聊聊,这样熬下去太累人了。李老师猛然想到,老婆有个姓钱的远房亲戚最近当了乡长,他的家就在车站附近,他夫妇俩待人都很客气,何不上他家坐坐,把时间消磨掉?李老师提起包包寻上门去,没费太大的劲就问到了。

乡长不在,他老婆在,果然很客气。一见面就请坐,泡茶,拿糖点,一派热情洋溢,好像李老师是什么特别尊贵的客人。

"来,来,吃点蜜饯,这还是乡里杨宣委到上海开会带回来的。"乡长老婆眼眯眯地看着李老师,"你有什么事吗?"

"唔,没什么事。"

"你不用不好意思。"乡长老婆很亲切地说。

"没什么事，"李老师吃了一个蜜饯，"我想进城，可是班车都走了，只有6点有趟过路车……"

"哎呀，你来迟了一步，老钱刚刚进城去，一辆车就坐了他一个人。"

"是啊，真不巧……"

"这样吧，我打电话到乡里问问，看看还有没有车进城。如果有，你就可以搭个便车。"

"那、那太感谢了……"

"谢什么？哼哼，"乡长老婆笑了笑，立即打电话到乡里。一问，下午不进城了，明天上午才送赵副乡长进城开会，她扭头对李老师说，"你明天再走吧，明天有便车。"

"不用，不用，我坐6点的过路车……"

"急什么急呀？明天坐便车，也可以省六、七块车费嘛。"

"不用了，这个，"李老师看了看，5点30分，"我该走了……"

"你真是太客气，来办点小事就带了这么大一包。"乡长老婆看着李老师放在地上的那个包包。

李老师心头一跳，再也没有勇气弯腰提起那个包包，他尴尬地笑了笑，说："没、没什么好东西，都是自家做的土货……"

"真是的，你啊你，自家人，还送什么东西？"乡长老婆说，"老钱最反对这个了，我说呀，下回来就不用带什么东西啦！"

"没、没什么……"李老师尴尬地笑着，"一点土货，你们尝尝……"

"那，走好啊。"乡长老婆把李老师送到门边，"以后有什么事需要帮忙的，不用客气。熟人不行生分礼啊。"

"嗯，不客气，不客气……"李老师尴尬地笑着，空手走出了乡长家，无奈地叹了口气。

总不能空手进城探病吧？李老师想，干脆，明早再走，那时候还可以搭乡里的车……

# 她嫁给了一个瞎子

她没有骄人的容貌和身材,但是她有一个骄人的父亲,这就够了,她是我们马铺回头率最高的姑娘。只要她从街上走过,满街的眼光都会被她吸引过来,人们在她背后兴奋地指指点点窃窃私语,眼光里闪着惊奇、羡慕和嫉妒。她就是江老辣的女儿啊……

她喜欢回到老家圩尾街看看,老家是一栋破旧的老厝,已经空了好几年,可她就喜欢在空空荡荡的老房子里走一走,停下来看看墙角的青苔、看看木窗的花纹。每次经过拐弯处的光明书屋,她总会停下脚步,向里面看一看。光明书屋是她同学阿明开的,阿明读书读到初三时,一场怪病使他变成了瞎子,他就辍学了,后来他就开了这家光明书屋。她看着书屋里书架上的书,一本一本紧挨着站在一起,书屋里常常没有顾客,只有阿明一个人坐在一张书桌前,有时候只是静静地坐着,有时候他却用笔在稿纸上写字,这使她感到很惊奇,他看不见他又是怎么写的字呢?她看着他,他也"看"着她,于是就问,是阿妹吗?她说,是。

今天她是和男朋友一起回圩尾街的,男朋友是父亲公司里的一个研究生,长得像唱歌的毛宁。青石板路静静的像是在夜色里沉睡,电视机响着《还珠格格》的歌声:你是风儿我是沙……

"我怎么越听越像是'你是疯儿我是傻'?"她笑笑对"毛宁"说。

"毛宁"没接上她的话头,说:"你父亲这一趟去美国,你说能拿回来几份订单？"

走到了光明书屋门前，她停住了，书屋里灯光明亮，阿明坐在桌前，用手摸着桌上的一本杂志，好像是用手指在上面辨认着文字，神情看起来很激动，他忽然抬起头问："是阿妹吗？"

她说："是。"

"毛宁"不大高兴地说："他怎么叫你阿妹？"

她说："这是我的小名，我喜欢。"她向书屋走近了几步，说："阿明，最近怎么样？"

阿明拿起桌上的杂志，双手微微颤抖，声音也在颤抖："阿妹，我在《诗歌报》发表了一首诗。"

她惊讶地从阿明手里接过杂志，一眼看到阿明的名字印在上面，她顿时感到很惭愧，因为她长这么大，还从来没有好好读过一首诗，而阿明一个瞎子，却能写出排得这么好看的诗。她飞快地把诗看了一遍，她心里承认她看不懂，但她不敢说出来，把杂志还给阿明，说："阿明，你真行。"

阿明像一个受到表扬的学生，脸上露出些许腼腆，说："我在稿纸上乱写，是我妹妹帮我抄清，寄给《诗歌报》的。"

离开书屋，她和"毛宁"向前面老厝走去。"毛宁"说："真搞不懂，一个瞎子写诗有什么意思？"

"你说什么？"她愣了一下。

"毛宁"说："现在明眼人都不读诗了，他一个瞎子写诗干什么？"

她突然拔高了声音说："不许你这样说阿明，我觉得他很了不起。"

第二天，她开始疏远"毛宁"了。这个经济学硕士终于知趣地离开，不久，她身边出现了一个长得像刘德华的帅哥，据说是马铺一个常委的儿子，现在一个镇里当副镇长，年轻有为前途无量。但是没多久，刘德华在她身边消失了，取而代之的是一个叫罗酷的年轻作家，他准备给江老辣写一本传记。这对酷哥酷妹常常手挽着手，从街上旁若无人地走过，把一些老人看得目瞪口呆。

走到光明书屋门前，她禁不住停了下来，阿明好象一眼看到了她，说："阿妹吗？我又发表了一首诗。"

她说："阿明，你真行。"

罗酷笑了一声，对阿明说："伙计，你在写诗？你真是傻透了，现在写什么不比写诗强啊？我建议你去写言情武侠小说，这才赚钱！"

阿明摇摇头说："我只会写诗。"

她对罗酷说："你只懂得赚钱。"罗酷说："一个人要是不懂得赚钱，活着还有什么意义呢？现代社会衡量一个人是否成功，就看他会不会赚钱，像你父亲……"

"别说了！"她厉声打断了罗酷。

罗酷很快就明白了，他没戏了。

春天过去了，又到了夏天，有一天，她来到了圩尾街光明书屋。她刚刚走到门前，阿明就好像看到她来了，说："阿妹，进来坐坐吧。"

她说："好。"

阿明沉着脸，说："我这几天心情不大好，最近写的好多诗都没发表。"

她说："别灰心，再写嘛。"

阿明孩子似的点点头，说："对，再写，写下去。"

从此，她隔天晚上就要到阿明的光明书屋一趟，不管这一天是刮风还是下雨，她总是像候鸟一样准时到来。

阿明说："阿妹，你别忙，那些书等下我妹妹来会整理的，你坐一下吧。"

她说："我读的书太少了，现在我没时间读它们，摆弄摆弄它们，我觉得很有意思呢。"

不知从什么时候开始，她从隔天一到变成每天必到一趟光明书屋，星期天则干脆从早到晚呆在光明书屋里，整理书、买书、看书，当然更多的时间是跟阿明一起闲聊。她喜欢阿明给她说诗，她渐渐感觉到，诗原来也不是什么深奥的东西，只要一个人用心地去读，他就一定能读懂。

阿明又发表了一首诗,她看着他像是孩子似地眉飞色舞,心想他是一个多么幸福的人啊,这个时代,父亲一天赚一百万都不会笑一下,而他只要发表一首十行诗就激动不已,他是一个多么健康的人啊!

阿明突然静了下来,他突然想到在一个姑娘面前不宜太张扬,他不好意思地对她笑了笑,说:"阿妹,你看我,别笑话我……"

她说:"不。"

她说:"我就喜欢你这样。"

阿明低下了头。她也低下了头。两个人都不说话,光明书屋里一片沉静,似乎只有书上的文字在窃窃私语。

江老辣终于注意到女儿的异样,有一天晚上,江老辣在客厅等着女儿,女儿终于回来,手上拿着一本书。

江老辣说:"你又到圩尾街去了?"

她说:"是,我到阿明的书屋。"

江老辣说:"阿明,不就是江老魁的儿子吗?他不是瞎了眼吗?"

她说:"他眼睛是看不见,可他能写诗。"

江老辣说:"诗是什么东西?诗能当钱花?我跟你说,从明天起不准你去找他。"

她说:"我要找他,我喜欢他。"

她说:"我爱他。"

她说:"我每天都要找他。"

江老辣惊讶得说不出话,一屁股跌坐在沙发上。他想,这个女儿从小没妈,真是越大越难调教了。

她说:"他能写诗,而你连什么是诗你都不懂。"

她说:"我爱他。"

她说:"我想嫁给他。"

江老辣休克似地躺在沙发里,半天回不过神来。他知道他能把一千多个员工管得服服帖帖,可他就是管不住一个女儿。

马铺首富江老辣的宝贝女儿准备嫁给一个瞎子的消息,像是在马铺投

· 077 ·

下一枚原子弹,嫁给一个瞎子?难道她真是瞎了?

她平静地说:"瞎子怎么啦?"

她说:"瞎子怎么啦?瞎子不像明眼人,都长了一双钱眼。"

她说:"他的眼睛虽然看不见,但是他心里有我!"

她心里念着阿明写给她的一首诗,感觉自己是全马铺最幸福的女人。阿明的诗最后两句是这样的:

你的美丽,
闪电般照亮我灵魂的眼睛。

# 几十年如一日

## 一

"欢迎你呀，小李，欢迎你来报到。"

"常书记，我姓吕，叫我小吕。"

"唔，小吕，小黎，有什么困难没有？领导帮助你解决！"

小吕大学里便谈好了对象，想结婚没房子，可是听说单位里也有难处，自己刚刚来，怎么好意思说呢？

"没——没有。"

"很好，很好。如果有困难，尽管讲，领导帮助你！"

## 二

"小黎呀，唔！是小吕，孩子满月了吧？"

"都一周岁了。"

"唔，小黎——小吕呀，有什么困难没有？领导帮助你解决！"

小吕心想：困难怎会没有呢？孩子一周岁了，夫妻还分居两间大宿舍，反映过多次了，这个场合说，有效果吗？

"没——没有。"小吕咬咬牙，又挺过来了。

"很好，很好。如果有困难，领导帮助你！"

## 三

"小李，唔、唔，该叫老吕啦。饭后百步走，活过九十九呀！"

"我去医院看病，常书记。"

"唔，老吕，有什么困难没有？领导帮助你解决！"

"困难？"这两个字勾引出老吕脑海中一连串镜头：老母亲瘫痪在老家乡下；大儿子待业；小儿子高考再次落选；自己多病……

"没，没有。"老吕依旧重复一次。

"很好，很好，如果有什么困难，领导帮助你！"

## 四

"老李。"——没人答应。

"老黎。"——还是没人答应。

"老吕。"——！？

"啊！是你，常书记。"老吕终于有了反应。

"我叫了你好多遍，你都没听见。"

"耳朵不行了。"

"是啊是啊，老了，我也老了，你有什么困难没有？领导帮助你解决！"

"困难……"老吕再一次摇摇头。

## 五

"老常同志离休了！常书记他深入群众，关心群众，几十年如一日，为我们树立了榜样。在他离休前，我们请他作一次报告，题目是——《几十年如一日》"掌声如潮中,有条有理有声有色的报告声中,有人昏昏欲睡……。

睡着的人又是谁呢?

# 绰　号

肖鸿立董事长……

肖先生……

鸿立公……

耳两边都是又熟悉又陌生的乡音。就是这跟羽毛一样软软而有质感的乡音，多少次撩拨得他坐立不安寝食不思，恨不得立即生出翅膀飞回来。现在，他总算是回来了。

祖坟扫过了，乡亲们见过了，捐资修一条村路的事谈过了，久违的故乡小吃狠狠地吃过了……当年他随父亲漂洋过海的时候，还是个少不更事的少年，如今两鬓斑白。五十多年的乡愁像个饥饿的婴儿，一直找不到母亲的乳房，而现在一头扎入故乡母亲的怀里，该是心满意足了吧？

他准备明天走。

对于这次行程，他是满意的。只是独自坐在桌前，用手卷一根故乡的烤烟，那烟雾一圈圈散开，浓浓的烟味飘满心间，这时候，他总感到有些失去的东西是寻不回来了。到底是什么东西？他说不上来。一种失落感在心里潜滋暗长。

他准备明天走了。

乡亲们杀鸡宰鸭杀猪宰羊，在祖堂里办酒席热热闹闹地欢送他。

县侨联、统战部来了代表，他们举杯说：祝肖先生……

他听得清楚,是"肖先生"。

县外贸公司的代表举杯说:祝肖鸿立董事长……

他感到有些刺耳,是不是四周戏闹的小孩噪声太大呢?似乎不是。

村长举杯说:祝鸿立公……

你叫我什么?他问。

鸿立公。祝鸿立公……

他手上的酒杯震晃了一下。有两个玩捉迷藏的小孩从桌下钻了过去,但似乎并没有碰到他的腿。

祝肖鸿立董事长……

祝肖先生……

祝鸿立公……

举杯。举杯。举杯。

所有的人都举起酒杯,谦和地敬重地恭维地看着他,等待他说出那类感人的话来。

他说不出来。他举着酒杯的手微微在抖。他忽然明白,离乡出国五十多年了,跟乡亲们其实有了一种隔阂。他仅仅是回来做客的,虽然亲情浓烈,但已经兑入了其他元素。

祝鸿立公……

祝肖先生……

祝肖鸿立董事长……

他说不出话,举着酒杯的手微微在抖。

四周那么寂静。

这时候,那伙凑热闹的小孩里边有个尖尖的声音叫道:

看!他是十一指佬!

酒席上的人全部愣了一下。村长虎起脸,朝小孩走去,说看我不撕了你们的臭嘴!

慢,慢。他连忙说。

他把村长拦回席上。他的呼吸骤然加快许多,那喉结一起一落的。他

· 083 ·

拿酒杯的手微微在抖,他这只手多长了一个指头,六个指头一个一个都似乎在抖动。他明白了他心底失落的是什么东西。

孩子们吓跑了,大人们一脸尴尬着。

"以前,乡亲们都叫我'十一指佬'。"他深情地说:"我出外多年,再也没有人这样叫我,每当我想起故乡,总在幻觉中听到有人这样叫我。这次我回来,你们左一口鸿立公,右一口肖先生,还有什么董事长,你们是把我当客人啊!"

大家眼睛大大的,怔住了。

"刚才听到小孩叫我'十一指佬',我心里真舒服,真痛快。"他说完,举杯一饮而尽。

大家看到他眼前晃颤着泪花。

# 密码与保险

## 密 码

他有无数个密码。

存折有密码，信用卡有密码，电脑有密码，别墅门锁有密码，保险柜有密码，皮箱有密码，手机有密码，连客厅那台影碟机也锁了密码。

这些密码像蜘蛛网一样布满他的脑袋。有一天，他到银行取钱，可是他一时想不起密码，搜尽枯肠也想不起来，钱自然也就取不到。他想打开皮箱，皮箱里好像有点散钱可供急用，可是他无法打开皮箱，因为他突然间把皮箱密码忘了。这时，他猛然想到有一天似乎把一些密码信息输入了手机，急忙拿出手机，可是手机在他昨晚接了几个令人不悦的电话之后用密码锁了，他脑子里又是一片空白。

他轻叹一声，心想先回家再说。可是，走到家门口，他被大铁门挡在了外面，他把门锁密码也忘了。他就这样呆立在自家门口。

他用密码锁住了许多东西，谁知道有一天连自己也被密码锁住了。

## 保 险

险种越来越多了，"婚姻幸福保险"也出现了。他觉得挺好笑的。他隐隐听说初恋的女友不久前改行做了保险。忽然有一天，她竟打来电话，直奔主题:"给你的婚姻买份保险吧,算帮我一个忙,不然我完不成任务了。"

他们在一家小酒店见了面。许久不见,竟然感觉到有许多话要说。

他回家告诉妻子:"我给我们的婚姻买了份保险。"妻子嫣然一笑:"婚姻也能保险?"他说:"现在什么都能保险。"

因为向初恋女友买了保险,他们又恢复了联系,旧情复燃。他常常瞒着妻子和她幽会。有一天,妻子有了警惕:"你又加班?"

"你不放心我?"他笑笑地问,用一种幽默的口吻说:"我们的婚姻可是买了保险的,你还替保险公司操心?"

# 免费午餐

我在街上找着吃饭的地方。这时候正是用午餐的高峰时段,大大小小的饭店都像赶集一样热闹,还有满街是准备吃饭的人,这时候你才会明白吃饭是一件多么重要的事。我好不容易在弯角找到一家新开的快餐店,它好像是有意躲着人似的,位于弯角一个很不容易发现的角落,所以店里生意清淡,与街上形成鲜明的反差。

我快步走进店里:"老板,给我来一份套餐。"我就在向着里面的一张长长的餐桌前坐了下来。我刚坐了下来,这张餐桌上唯一的一个食客转过头,我一看,原来是——"是你啊,瑶,好久不见了。"

"怎么,大老板也吃起快餐来啦?"瑶脸上带着笑,嘴里含着饭。

"别笑话我了,什么大老板?有上顿没下顿的,都快成灾民了!"

"最近做什么?公司生意还好吗?"

"你问哪家公司?金达还是南光?我后来又搞了一家天利。不过,你也是知道的,现在不比前几年,生意不好做啊。"

"大老板,别跟我叹苦经,我又没找你借贷。"

这时,我的套餐上来了,最显眼的是一条鸡腿。我一看,瑶面前也有这样一条工业化生产线下来的鸡腿。我说:"吃吧,你别老看着我。"

"谁看你呀?我吃差不多了。"

"你饭量还是那么小?减肥是不是?"

"你看我用得着减肥吗？"

我看了瑶一眼，我无法判断。我说："你最近怎么样？"

"还是老样子，上班、生活，就这么回事。"

我吃着饭，点点头。

"你呢？结婚了没有？"

"没有。你呢？"

"没有。"

"没有就好。"

"你这什么意思？"

"什么意思？没什么意思。"

"没什么意思就好。"

"那我又问你，你这话又有什么意思？"

"你说能有什么意思？"

我和瑶都笑了起来，心情十分愉快。

"我先走了。"瑶说着站起了身。

"再聊一会儿吧，很久没跟你这么闲聊了。"

"不行，我下午还有事。"

"什么事？该不是与情人约会吧？"

"个人隐私，无可奉告。"

"再聊一会儿吧。"

"你还有什么话要说？说吧。"

"我、没什么话说了。"

"那就好，我还以为你千言万语说不尽呢。"

"傻瓜才千言万语。"

"对，你不是傻瓜。"

我笑了一下，从嘴里吐出一小块肉骨头。"有空给我打电话吧，你好像很久没给我打电话了。"

"你电话没换吗？"

"没换，还是那个号码。"

"行，我有空给你打。"

"号码还记得住吗？"

"记不住，翻翻本子也能找到。"

瑶向我挥一下手，走了。

我埋头吃饭。我很快把眼下所谓的套餐吃干净了。"老板，多少钱？"

"刚才那位小姐帮你付了。"

我准备拿钱的手从口袋里伸了出来，在餐桌上的牙签罐里取了一根牙签，一边剔着牙一边走出了快餐店，我想我吃了一顿免费午餐。

顺便说一下，瑶是我前妻，我们半年前友好地分手了。

# 边走边说

有人叫我，可是回头四处寻找，却找不到叫我的人，我这才知道这原来只是幻听。这种情况出现好几次了，现在我又听到有人叫我，我坚决地不想上当，可是那人又叫了一声，我真切地听到了那清脆的女声，我连忙回过头——

"老何，你怎么啦？叫你都不肯吭声？"

"唔，是你啊小芳，我没听到你叫我，对不起对不起。"

小芳是一个挺可爱的姑娘，穿着一件湖蓝色连衣裙。我记得去年夏天她就穿这件连衣裙了，不过那时她好像比现在瘦一点，裙子就显得不是很合身，现在好了，她丰满了许多，裙子穿在她身上，就像是她的皮肤一样，把她的身材表现得很好。

"你到哪里去？看你气色好像不是太好？"小芳说。

"到邮局领汇款。"

"是稿费吗？你还在写东西呀？"

"我不写东西我能干什么？没了工作，就靠这个为生。"我说。

"其实，当时你可以不用辞职的。我觉得，一个人想写作，他可以一边工作一边写作嘛，工作给他生活上的保障，这对写作有好处嘛。"

"所有的人都是这么说。"

"我觉得局里当时对你还是不错嘛。"

"除了你，还有谁对我好？"我开了个无伤大雅的玩笑，"可是呀，你又不是局长，不能提拔我。"

小芳笑了笑，她的笑声挺好听的——怎么说好呢？令人心旷神怡。

我突然觉得我们这样站在街上说话，时间长了会叫人生疑，便对小芳说："你到哪里去？我好像很久没见过你了，边走边聊吧。"

"你现在主要写什么？"小芳说。

"主要给报纸副刊写稿，短短千把字的，一天写两篇。"

"收入怎么样？"

"还可以吧。"

"你老婆怎么样？"

"还可以。"

"你儿子呢？上初中了吧？"

"还没有，还算是小学生，过几天才中考呢。"

"不是听说要取消中考吗？"

"没的事，现在学校抓升学率抓得才叫紧呢，小学生一个个累得够呛。"

"是啊，现在当学生真可怜。"小芳叹了一声。

"你最近怎么样？"我说。

"还可以。"

"小吉怎么样？"小吉是小芳的男朋友，我以前在单位里常常跟他下围棋。"还可以吧。"

"打算什么时候请我喝喜酒？"

"还早呢。"

"到时别忘了。"

"不会的，忘了别人也不会忘了你老何。哎，我说你怎么样啦？脸色好像不是太好？"小芳看着我说。

"昨天熬夜写东西，本来只想写一千字，谁知欲罢不能，就那样写下来，居然写成了一个九千多字的短篇。这时我才发现天都已经亮了，可是人还很兴奋，一个上午都睡不着。本来想吃过午饭就好好睡一觉，可是刚睡一下子，邮局的熟人就打来电话，叫我快去领汇款，不然他们要把汇款单退回去了。"

"你写作就写作嘛，这些杂事就请一个——秘书来干嘛。"

"对，我应该请一个秘书，我就请你好了。"

"不胜荣幸。"小芳又笑了起来。我们就这样说说笑笑走到了邮局门口，我知道该是分手的时候了。小芳说："我到前面有点事。"我说："有空到我家坐吧。"小芳向我挥了一下手，就向前面走去了。我转身走进邮局，在邮局的柜台前我看到了小吉——嘿，我刚刚跟他的女朋友小芳走了一段路说了许多话呢。小吉也看到了我，跟我打了招呼，我说："小吉，我刚刚见到小芳呢。"小吉用一种诧异的眼光看着我，说："老何，你真会开玩笑。"我不明白小吉的意思。柜台里面有人叫小吉输入密码，小吉便背过身去操作。小吉怎么会说我开玩笑呢？我还是不明白。我想问问他，但是他腰间的手机响了，他走到一边接电话。突然间，我全身不由哆嗦了一下，我终于想了起来，去年12月底，小芳已经车祸身亡——可是刚才是谁跟我走了那么长的一段路，说了那么多的闲话呢？我感觉到一切变得不确定起来了。

# 百年论战

一百年前,著名理论家赵钱出版他的6万字新著《论"人要吃饭"》时,他没想到这本书将引发一场百年论战。那时候,赵钱望着从出版社拉回来自个包销的3000册书,整天短叹长吁。一个月过去了,这3000册书巍巍泰山似的,仍旧没有缺一个角。赵钱很无奈,开始大规模地向熟人、生人甚至论敌签名赠书,半年里大约送出了900册。好歹有了读者,这本书的转机也正从这时开始。

也正是这一年年底,和赵钱齐名的理论家孙李出版了一本题为《论"人不仅要吃饭"》的7万字著作,高扬后现代主义的大旗,从根本上摧毁了赵钱的理论体系。赵钱捺着性子读完孙著,连声高叫:"荒谬!荒谬!"他夜以继日奋笔疾书,充满一种社会责任感,十天写成一本8万字著作《再论"人要吃饭"——与孙李商榷》,很快便出版了。再说孙李也不甘示弱,几个月内也出版了《再论"人不仅要吃饭"——对赵钱的批判》的9万字著作。当然,赵钱随即回敬他一本10万字的《三论"人要吃饭"》。毫无疑问,孙李也回敬他一本《三论"人不仅要吃饭"——对赵钱的再批判》。有南赵北孙之称的这两员论将,从此以书为刀枪,在理论界杀得性起,一片硝烟弥漫。

两将麾下渐渐汇聚了一大批兵士,他们各自成立了协会。赵钱那边叫做"捍卫真理联合会"(简称"捍真联"),孙李那边叫做"捍卫学术尊严协会"(简称"捍学会")。他们每天在各自的报刊和网站上发表攻击、嘲讽、挖苦、调侃对方的文章,有时还花钱行贿国营电视台播出证实自己反驳对方的专题片或系列讲座。

一百年来,双方论战不休。据不完全统计,赵钱及其捍真联共发表论战文章123.45亿字,利用电视台播出专题片或系列讲座3000次299小时;孙李及其捍学会共发表论战文章123.46亿字,利用电视台播出专题片或系列讲座2998次296小时。另外,双方共举办正面辩论会94次,参加人数每次平均1.2万人,发生拉扯、斗殴等骚乱事件89次。据统计,在这89次事件中,共击落假牙1323枚,揪下假发398套,打歪鼻子167只,撕碎对方发言稿子1908件,喉咙喊破而失语172人,心脏病突发而死亡21人。

赵钱和孙李不幸前后脚与世长辞了,但他们来到阴间后,决心招兵买马,再战一番,以决出一个胜负。此事不知怎么被阎王爷知道了,他大为光火,命令小鬼把赵钱和孙李押到殿前,怒声呵斥:"尔等既来我阴间,不思悔改,竟想以阳世陋习扰我阴间清净,真是胆大妄为!"然后将两人各打五十大板,罚赵钱终日吃饭片刻不可停食,对孙李的处罚则是终日不让他吃一粒饭。

没多久,赵钱和孙李便受不了了,各自跑到阎王爷面前叩头求饶。

# 像我的人

我是电视节目主持人，我每天在电视里跟马铺市人民见面，我不想成为名人也难啊，马铺市人民亲切地称呼我"小赵忠祥"。说心里话，我不喜欢这个称呼，我就是我，我为什么要当"赵忠祥"呢？当然我知道，马铺市人民是一片真心实意的，他们认为我在马铺市电视播音界的地位犹如赵忠祥在中国电视播音界的地位一样，是神圣不可侵犯的。如此抬举，尽管我不喜欢，但内心里有时还是颇为得意的。

其实，也正是马铺市人民的这一称呼，点燃了我的创意灵感。大家觉得我像赵忠祥——形态有点像，说话时微微驼着背，向前扬着脖子，款款深情的样子；声音就不用说了，真假莫辨，恐怕连赵本人也分别不清。我像赵忠祥，那么你像谁呢？生活中会有多少人长得像名人，或者在某一方面学名人学得惟妙惟肖啊。假如把这些人召集到电视上来，一起做个节目，不是很好玩吗？我把这一想法向台长做了汇报，台长十分感兴趣，于是我们几个主创人员经过三天三夜的精心策划，拿出了创意文案，台长大笔一挥立即就审批了。十天后，一个全新的综艺游戏节目"克隆名人"在我们电视台隆重推出。

令我意想不到的是，在我们马铺市居然有那么多的人长得像名人！首期节目开播前，我们只在电视和电视报上做了两次广告，前来报名的人便像是农村赶集一样，一个接着一个。管大门的老头不知内情，一下看花了眼：怎么这么多名人都涌到我们电视台来啦？

第一期节目我们选定了三男二女，男一号长得像成龙，男二号长得像齐秦（歌也唱得极像），男三号长得像牛群（美中不足的是说话带着马铺口音），女一号长得像赵薇（眼睛比赵薇更大一点点，似乎比赵薇还像赵薇），女二号长得像倪萍。本期节目在马铺市引起了极大的轰动，收视率大幅攀升了五个百分点。

"克隆名人"一夜之间成为我们电视台的金牌强档，广告客户蜂拥而至，每期节目出售现场观众票一百五十张，每张五十元，已经被预订到第21期。两个月下来，我们逢周五开办一期节目，一共办了8期节目，推出了三个成龙、三个赵薇、两个刘德华、两个牛群、两个冯巩、一个齐秦、一个倪萍、一个陈佩斯、一个张惠妹、一个王志文、一个姜昆、一个周华健、一个蔡国庆，还有一个张信哲。马铺市人民给我们提出了不少很好的建议，同时也向我们推荐了许多合适的人选，马铺市一个分管的副市长偶然看到这一节目，还特意给台长打了电话，觉得这一节目"办得很有意思，应该继续办下去，越办越好"。

眼下我们正在筹备第9期节目，从十六个报名者中选出了一个周润发、一个舒淇、一个朱时茂，还有一个葛优，不过此人不太理想，因为嘴巴不是很像，但是节目开播日期快到了，没有更好的人选（我们有个不成文规定，每期节目至少克隆四个名人），也只好凑合了。这时，负责接待报名者的小邱带着一个人来到我的办公室，我一看就惊呆了，那人长得跟我一模一样！

小邱笑笑对我说："敢情是你从未见面的孪生兄弟，还不赶快抱头痛哭？"

我倒抽了一口气说："伙计，你长得可真像我啊！"

那人也呼了一口气说："是你长得像我啊。"

听到他的声音，我更吃惊了，他居然连说话的声音、语气也像我！

这个像我的人在第9期节目上出够了风光。他在节目组的策划下，特意穿上跟我一模一样的衣服，一会儿坐在嘉宾席上，一会儿走到台前拿我的话筒主持节目，令现场观众和电视机前的马铺市人民眼花缭乱，分辨不出真假。

节目之后，我跟这个像我的人交了朋友。他是外地来马铺市打工的，这一阵子正好失业，我便请他在节目组帮帮忙。因为我们两个人长得太像了，大家常常认错人，闹出了不少笑话，想想这生活也真是有意思啊。

有一天，我接到了老家打来的电话，说是老母亲生病住院。前两个月老母亲就住了一次院，我走不开，没回去看她，这次无论如何是要回去一趟了。我立即想到那个像我的人，让他替代我几天，神不知鬼不觉，连假也不用请，这是何等好事啊。我私下叫来那个像我的人，向他交代了一些事，便搭车回老家去了。

回家没几天，老母亲的病居然好了。她不敢多留我，我也牵挂着我的"克隆名人"，便坐车赶回马铺市。谁知路上出了车祸，有人死了，我没死，被送到医院。三天后我就出院了，脸上破了相，留下了两个疤，真令我痛苦，不过想到有人送了命，而我好歹还活着，觉得自己还是幸运的。我住院时告诉过医务人员和警察我的身份，请他们打电话通知电视台来人，可是不知怎么回事，是他们没听明白我的话，还是电视台接到电话抽不出人来看望我，总之三天里没一个领导和同事来看我。我想想也好，免得暴露了我私自回家的事。

我离开医院，直接回到电视台。我惊讶地发现，电视台里所有的人全都不认识我了，我招呼他们，他们全都用一种陌生的眼光看我，有人就问："你是谁？"真把我问得一愣一愣。马铺市人民谁不知道我是谁啊？难道他们是联合起来开玩笑？我在廊道上碰到了台长，台长甚至看都不看我一眼。我推开我的办公室门，那个像我的人正坐在我的办公桌后面和小邱说着什么，小邱回头看我一眼说："来报名的是吧？报名在隔壁。"小邱向我走了过来，看着我，像是鉴别着一件物品，说："你是长得有点像，不过……"

我慌忙用手掩住了脸上的伤疤。

# 我丢了

我丢了，我知道我这样表述有点耸人听闻，正确的表述应该是：我的最新一本通讯录丢了。

这本我三天前刚刚制作完毕的最新版通讯录，记载了对我有用的一百多人的电话号码，包括住宅电话、办公电话、传呼机、手机等数百个号码。十分钟前，我伸进口袋里准备把它拿出来，查找一个人的电话，可是我一下子找不到它，心头凛然一惊：我的通讯录丢了！我连忙从来的路走回去寻找，一路低着头，像是饥饿的狗在地上寻找食物。我认得我的通讯录的模样，可是一路上没有它的影子。我还问了好几个过路的人，像是询问我丢失的孩子。

"你看到我的通讯录吗？"

"什么通讯录？"

"就是记电话号码的小本子。"

"没有。"

我终于失望了，回到家里，脑袋乱成了一团麻。只有我知道这本通讯录对我有用到什么程度，要是没有它，我就找不到我所想找的人了！我开始懊悔了，平时为什么不好好把号码记在脑子里呢？你记性差，但你一天记三个，十天也能记三十个啊！我责怪自己，为什么制作了最新的一本，就把旧的那本丢掉呢？现在好了，通讯录丢了，那些号码全丢了，你一个人也找不到了！我站在三十八楼我家的窗前，看着下面街道上细如蚂蚁的汽车和行人，全身像是浇了硫酸一样痛苦。不行，我无论如何要把它找回来！

我从三十八楼来到街上，走在流水般的人群里，感觉到整个马铺市是如此的陌生，我一个人也不认识。在这茫茫的都市里，我把通讯录丢了，其实就是等于把自己丢了，像一滴水丢到海里，再也分辨不出这一滴水是哪一滴水了！

我到《马铺晚报》登了一条中缝广告：谁捡到我的通讯录，请速与我联系，定有重谢！我几天不敢出门，终日守着电话机，我在等着有人打电话来告诉我，他捡到了我的通讯录，啊，那将是多么激动人心的消息啊。可是电话机始终一声不吭，深沉无比。我很快明白这一招不行了，我得积极地寻找，消极地等待绝不是好对策。我想起了我丢失通讯录之前最后一次用通讯录，其实是在自己的家里，是上午十点左右，我在上面找了两个人的电话号码，给他们打了电话，对方没人接听，不久我就走出家门了。确定了这一事实，我很高兴，觉得找回我的通讯录有了一线希望。我从房间开始，认真地寻找起来，把每只垃圾袋都打开，仔细翻阅了一遍，然后走到门口，眼光在各个角落搜索。终于，我在廊道上一只似乎多年没清理过的垃圾箱里发现一本长得像是我的通讯录的小本子，虽然我一眼就认定它不是我丢失的通讯录，但我还是把它拿了起来。这也是一本通讯录，上面密密麻麻都是电话号码。这是哪个倒霉的家伙，也跟我一样丢了通讯录？我满怀同情把它收留在我的口袋里，继续寻找我自己的通讯录。

我坐电梯下到一楼，在四周找寻起来。找得我腰酸背痛，眼珠子都快要突出来了，什么也没找到。我叹了一声，回到三十八楼的家里，把那本捡到的别人的通讯录掏出来，一页一页地翻看，那种心情啊，就像是一个丢失孩子的父亲看着别人的孩子，悲伤、凄凉，无以言说。突然我在通讯录上面看到了几个熟悉的名字，莫非此人跟我有共同的熟人？再看下去，怎么尽是熟悉的名字？我吃了一惊，猛然意识到，这正是我三天前自己扔掉的那本旧通讯录啊！我一阵激动，感觉到自己一下子被找到了！

# 为老昌坐几年牢

土楼大门口的狗叫了，接着就是一阵车声，大家都知道是老昌回来了。每一次老昌夜里开着车回来，狗都要叫一叫，好像是向全玉和楼的人报告老昌回来的消息。狗叫得不凶，甚至很温柔，充满欢迎和讨好的意思。大家都对老昌毕恭毕敬，狗也是不能免俗的。

老昌是玉和楼里迄今为止最有出息的人，用大家的话来说，就是"祖公一盆风水，几百年才出了这么一个人"。老昌是玉和楼里唯一一个到外面办工厂的人，他每天在土楼乡村数十个村寨收购茶叶、生姜、李子等等，然后集中运到乡里的老昌食品综合加工厂，进行"科学"的加工，包装在漂漂亮亮的袋子里，然后就卖给城里人。老昌有钱了，对楼里的人很大方，楼里祖堂的廊柱油漆剥落了，他立即出钱让人用好油漆刷一遍；楼里逢年过节要请一台戏或者放几场电影答谢神恩，他二话没说，要多少给多少。老昌有钱，老昌为人好，大家都说以后应该在祖庙门前为他竖一根旗杆。死后能在祖庙前竖一根旗杆，这是土楼人一辈子最大的光荣。老昌他们这一姓氏从中原迁徙到土楼乡村，已经有一千多年了，祖庙前至今才竖了十根旗杆，而且没有一根是玉和楼的，大家都说那第十一根将是玉和楼老昌的。老昌有钱，老昌为人好，老昌应该竖旗杆。

老昌回来了，大家都竖起耳朵听他的脚步声。老昌为人好，连脚步声也是好听的。老昌在乡里有房子，是一幢三层楼的钢筋水泥房，但老昌常常回来玉和楼，想回就回，他有一部广东买来的走私车，自己又能开，方便。老昌每次回来，都要在祖堂站一阵子，然后咚咚咚上到三楼，就在走马廊的栏板前的尿桶里拉一泡尿。大家听到老昌很响的拉尿声，觉得老昌真是很爱玉和楼的，老昌真不愧为玉和楼的旗杆。今天老昌又回来了，他没经过祖堂，从楼门厅边侧的楼梯直接走上楼。奇怪，今天老昌的脚步声显得很沉重，好像抬不动大腿似的。以前老昌的脚步是坚实有力的，楼板都会发出砰砰的声响，整座玉和楼好像都在回应着，今天老昌是怎么啦？大家躺在床上想着，也许老昌是出了什么麻烦。

老刚！这时，老昌在走马廊上叫了一声。

老刚在卧房里应了一声，立即从床上爬起身，顾不上穿衣服，就开门奔了出来。老昌叫人，大家都像特种部队一样反应迅速。

"老刚，你跟我下来，我跟你说个事。"老昌说。老刚是老昌的堂弟，老昌这么晚了专门找他说话，这使他心里感到非常荣幸。

老昌找老刚说什么话呢？玉和楼环环相连的卧房里有多少只耳朵，就有多少只耳朵竖了起来。

老昌和老刚走到了一楼，楼梯边就是老刚家的灶间。老刚推开门，拉了电灯，用手把椅子擦了擦，请老昌坐。老昌并不坐，还在想着心里的事，定定看着灶台，说："我刚才开车回来，半路上轧了一个人。"

老刚脑筋一转，立即明白老昌的意思，说："轧个人怕什么？要是坐牢，我为你去坐。"

老昌有些感动，拍拍老刚的肩膀，说："轧死人赔钱我是不怕，怕只怕，我这车是走私车，我又还没拿到驾照，弄不好要坐牢。"

老刚说："坐牢我去坐，你什么也不用怕。"

老昌说："听你这句话，我真高兴。"

老刚说："你对我和我爸我妈那么好，为你坐几年牢有什么？应该的！"

老昌说："那好，你去穿了衣服，我们一起到现场看看。"

老刚像一个刚刚接受了光荣使命的士兵，以矫健的步伐冲上三楼。让老刚想不到的是，老爸、老妈还有弟弟老海不知什么时候聚集到他的卧房里，等着他被老昌接见回来。一看到老刚，就迫不及待地问："老昌找你说什么？"老刚犹豫了一下，还是把事情说了。怪他表达不清楚，大家以为老昌明天就要坐牢了，老爸说，老昌这么好的人，怎能让他坐牢？他一坐牢，谁来收购我们的东西？老海一拍胸脯，说："我去为他坐牢好了，反正我现在闲也是闲着。"老刚想了想，说："你们现在先不要多说，我跟老昌出去一趟，回来再说。"老刚就下了楼，跟老昌一起走出玉和楼。他们走到玉和楼门口的汽车旁，楼里传出一阵声音，就有十几个人涌了出来。

老昌有些诧异，人群里就有声音说："老昌，你别怕，坐牢我为你去坐好了！"

老昌知道是老刚把事情泄露了，心里责怪老刚，但是看到大家一片肝胆侠义，就有一股暖流在心里流动。

老刚向说话的那人走去，用责问的口气说："你会开车吗？你怎么为老昌坐牢？他讨厌这个想争夺为老昌坐牢资格的人。"又说："你碰都没碰过车，谁会相信是你开车轧了人？"

老昌说："你们都别争了，我跟老刚去看看就回来，有事再商量。"

老昌让大家都回楼里去，他跟老刚就上了车，把车发动了，向夜幕里前进。老刚坐在老昌身边，心里热乎乎的，对老昌说："老昌，我能为你坐牢，真高兴。"

兄弟，我不会亏待你的！老昌腾出一只手，在老刚肩上重重地拍了一下。

老昌把车停在了路边，借着车灯的光，看了看路上的情况，说，刚才好像就是在这里，我开着车，心里想着事，突然看见一个人横闯过来，来不及刹车，就撞上去了，那人好像飞了起来，飞到路边的草丛里去。

当时路上没别的车吧？

没别的车，也没别的人，这暗乎乎的乡村公路，晚上会有什么车？也因为这个，我才怕，交警一查，就会查出我的车了。

到时就说是我开的车，坐牢我坐，老昌，你什么也不用怕。

我当时可真是吓得厉害，也不敢细看，开着车就跑。

老昌和老刚说着话，从车上拿了一把手电筒下来。手电筒在路边的草丛里照着，就照到了几滴血迹……

就是这里了，你打电话报警，让警察来处理，老昌说着，就从屁股上拿出了手机。

老刚就报了警，说，我不小心撞到人了。

十几分钟后，警车呼啸着来了。

老刚哭丧着脸说："我开车送我老板回来，谁知半路上蹿出一个人……"

几个警察就在草丛里寻找起来，突然一个警察说："找到了。"大家一看，原来是一条死狗，身上还滴着血……

老昌糊涂了，莫非刚才撞到的是一条狗？好好想想，敢情是眼睛花了，把狗看成人了。老昌突然觉得好笑。

# 梦游做贼

马坑村是个群山环抱的小村庄，民风淳朴，一百多户人家和和气气，像是一家人似的。十几年来，马坑村没有发生过一起刑事案件，小偷小摸、口角吵架之类鸡毛蒜皮的事也几乎绝迹。各级部门都对这里的治安状况十分满意，马坑村也引以为荣，但是偏偏有一个马坑村人为此苦恼，常常觉得若有所失，谁？

他就是马坑村治保主任马长林。马长林从部队退伍回到家乡，很想有一番作为，特别是被选为治保主任后，更是想建功立业，大干一场。然而马坑村平静平静，从来没什么事让他操心，这使得马长林有一种英雄无用武之地感觉。前不久，他参加了县里的农村治安工作表彰大会，虽然马坑村在会上也受到了表彰，但是因为从没案子，也就没有见义勇为之类的先进事迹，显得不够突出，大会便没安排马坑村到会上做典型发言。听到别的村在会上介绍如何组织群众勇斗进村抢劫的歹徒；怎样调查个别村民小偷小摸行为并严加批评教育，使其改邪归正等等，马长林听得心里的热血呼呼呼直往上蹿，心想怎么这等好事全都落到别人头上，马坑村就风平浪静，连一道涟漪都没有呢？

开完会回到家里，马长林几天几夜吃不好睡不踏实，心事重重，竟然变得神情恍惚。这一天上午，村东头的马木洋偶然路过马长林家，进门跟马长林老婆聊了几句，说："真怪，昨晚我放在院子里的一笼小鸡仔被人提走,刚才我却发现它丢在土地庙后头。"马木洋话刚说完,在里屋休息的马长林惊叫一声:"你说真的?"便从床上一跃而起,飞跑到马木洋面前,要求他把失窃事件原原本本再讲一遍。马木洋讲了,马长林兴奋得满脸发亮,昨夜巡村的疲惫一扫而光,高兴地说:"这下好了这下好了!我们村也有案子了,我一定要迅速调查,弄清真相,抓住那家伙!"

然而,马长林调查了一天,并没什么重大发现。第二天,日头刚刚跃上山冈,村西头的马建火慌慌张张奔进家门,说:"我牛栏里的牛绳被人割断,那头刚买的牛不见了!"马长林一听,非常激动,说:"走!到现场去!"但是刚走出家门几步,马建火的大儿子迎面跑来,说:"牛找到了,在溪边吃草呢。"马长林顿时非常失望。

第三天,终于有一件比较重大的案件发生了,而且发生在马长林的堂兄马长跑身上:他家看门狗被人药死了!马长林很仔细地察看了现场,经过反复分析、推理,像个大侦探似的对马长跑说:"药死你的看门狗绝不是作案的目的,这只是作案的第一步。你是全乡的柑橘大户,这几天开始摘柑橘,家里一下子存了这么多东西,犯罪分子一定是冲着柑橘来的,你要加倍小心啊。"马长跑觉得堂弟说得有理,连连点头称是。马长林拍拍胸脯说:"不过,你也别怕,有我呢!"

这一天,马长林变得异常兴奋,连饭也不想吃,午觉也不想睡,只想着如何出奇制胜一举抓获犯罪分子,眼前不由浮起他将在明年县里的表彰大会上做典型发言的情景。晚上八点左右,马长林揣上三节电池的手电筒,出发了。他从村东头走到村西头,再从村南边走到村北边,严密地注视着村里的动静。马长林觉得今晚一定会有什么事发生,他已经做好了思想准备,到时将奋不顾身,勇斗歹徒。马长林几次路过堂兄马长跑家里,不厌其烦地告诫他说:"疏忽不得,要加强防范啊。"再说马长跑,原来还很信任村里的治安状况,谁知这几天村里接连出了事,也不敢疏忽大意了,就叫大儿子马三明搬了一张竹床睡在院子的角落里,好好守着院子里存放的几百箱柑橘,约定如有情况,就咳一声,他和二儿子立即冲出房门配合行动。马三明不敢放胆睡,只是迷迷糊糊打着瞌睡。半夜里,他听见院子外头有一阵异样的脚步声,接着院子的门闩被拨开了,有人提着布袋,蹑手蹑脚地走进来。那人走近一箱箱码起来的柑橘,拿起柑橘就往布袋里放。马三明猛喊一声,直扑过去,死死抱住那人。马长跑和二儿子在房间里听到喊声,也立即冲了出来。马长跑手电一照,呆了一下,就很生气,踢了那人一脚说:"你怎么回事?""抓贼啊?抓到了吗?"那人愣愣地问。马长跑父子哭笑不得。

原来这人竟是马长林。这个治保主任幻想建功立业,想得走火入魔,便得了梦游症,"亲自"在梦游过程中做起贼来。不用说,这几天马坑村里的案子全是他做的。

# 邪 树

村南坡地上斜歪歪地长着一棵老杧果树,好像当初栽种时没精心扶正似的。关于这棵杧果树,听老辈人说,而老辈人听老老辈人说,总而言之几代相传啦,这是棵邪树,果子是千万不能吃的。你要是管不住嘴,把它吃进肚子里去,这下好了,第二天睡醒,你摸摸脑壳看,它就长在你额头中间———一只跟杧果大小的肉果子!

老辈人的话总不会错。

你要是吃错了药说不信,村里辈分最高的大缠公就会语重心长地告诉你:很早以前,也是有个少年家不信老辈人的话,偷偷摘了只熟果,在吃之前为了保险,拼命搓洗了七八遍,皮也削得很干净,可是吃下去,第二天照样长出一只白果子。照样!

老辈人说的话会有错吗?

只是,家里有十二三岁小孩的一些父母被害苦了,他们成天训诫,提防着小孩偷尝禁果。小孩因为无知而无所畏惧,或许单单出于好奇心就敢破忌。这些父母几乎不敢想那一天,他们建议砍掉树算了,不就是一棵邪树吗?但是以大缠公为首的老辈人并不曾从老老辈人那里听说这树可以砍,也不曾听说不可以砍,他们便一起思忖、商榷了七天七夜,最后搬来历书看过罗盘,才下了结论说:虽然是邪树,与村庄的风水却有牵涉,不宜砍伐,应让它自生自灭。

年复一年，老柁果树开花、结果、熟透、掉落、腐烂。那么多年来，村里人熟视无睹不为诱惑，而一茬茬小孩经过老辈人长期不懈的调教也深明大义。他们娶妻、生子，然后严肃认真且不遗余力地调教出又一代听话的小孩。年复一年，老柁果树开花、结果、熟透、掉落、腐烂。

时间到了这年秋天。大缠公在城里念书的孙子小放，考大学没考上，灰头灰脑回到了村里。因为心情烦躁，就爬上了老柁果树。小放看见果子那样饱满诱人，就不相信吃不得，就一口气吃了五只。嘴啃下来的青皮吐在树底下，一簇簇，幽幽的闪晃着青光。

不用说，有人看见了这一幕，立即飞报全村。小放下了树刚进门，大缠公拄着拐杖，颤颤巍巍就迎上来，一手揪住小放的耳朵，怒斥道："老辈人的话，你都听哪去了？我看你明天长肉果子！"小放只是呀呀叫痛，不敢争辩。

村里人都说，这下有戏看了，小放这书呆子明天……哼哼！

然而，第二天他们看到小放时，全惊呆了！小放故意用手梳弄了几下头发，又在平坦的额上擦了几擦，不屑地撇撇嘴，一副得胜将军的模样。

真是怪了……居然屁事也没有……莫非老辈人的话……这一夜，村里人第一次失眠。

第三天天蒙蒙亮，小放抓了一只麻袋，将柁果一网打尽，踏起脚踏车载到城里去卖。

那袋柁果卖了多少钱，流传着多种说法。村子吵吵嚷嚷，好像翻了天。狗娘养的，他怎没长出肉果子，不说是邪树吗？我怎么不懂得偷尝一只看看，这下让人全摘光了！我早就想过不可能是什么邪树，只不过没想到它真的不是。村里人很懊悔，很失望，很不平。渐渐，七嘴八舌集中到了问题的要害：柁果树不是小放家私有的，他怎能摘去卖钱？

小放说："你们不懂得摘去卖钱，是你们傻。我辛苦半天，卖了钱难道要跟你们平分吗？"

村里人说："树不是你家种的！"

小放说："谁也不知道是谁种的，没人照管它，谁占了就是谁的！"

这什么话，我们又不是没长手脚！村里人义愤填膺，纷纷爬上树，可是一只果子也找不到。我们受老辈人骗了，这下屁也没有了。狗娘养的太不公平了。怒气没处发泄，就死劲地拗、踩，枝枝叶叶断落了一地。最后，有个人干脆拿来斧头，狠狠地砍。砰，砰，砰。干你姥的邪树！邪树！我们太老实，都不懂得果子可以吃，可以卖钱。就是呀，太亏了。你们下来吧，这树干我占啦。砰，砰，砰！大缠公拄着拐杖赶来时，老杧果树已被砍倒在地。大缠公满脸惨白，哑声叹道："造反了造反了，都不听老辈人的话……"

　　小放看到树被砍倒，他冷冷地笑了一笑。过了一天他就进城去找工作了。

# 公厕轶事

从顶街走过来，你远远的便会闻到一股异味，味道的尽头就是我们圩尾街的公厕。这叫做"未见其形先闻其味"，对于某些紧急寻找厕所的人来说，或许还是很称职的向导呢。

两年前，公厕在圩尾街落成时，大家看它满墙贴着洁白的瓷砖，心想拉屎拉尿的地方需要这么漂亮吗？我们圩尾街有个光棍第一次从公厕出来，说了一句很著名的话："干，比我家还清洁！"

可是没多久，公厕就开始臭了。地上纸片、烟头还有别的乱七八糟的东西，月深日久，没人打扫，就形成了一个垃圾场，墙上满是性病广告和肮脏的痰迹。走进公厕，大家不得不捂着鼻子，于是就有人认真地发问了：这公厕到底有没有人管？居委会说可能环卫站吧，环卫站说好像城建局吧，城建局说可能环保局吧……好事者终于也没耐心问下去。埋怨归埋怨，厕所却不能不上。圩尾街几个有钱人索性到附近公厕去，那边干净得多，但是每次收费两角。

有一天傍晚，我们看见有个外地人在公厕里打扫垃圾、清理墙壁，用一种外地腔调告诉我们，他承包了公厕。第二天，我们从各个方向走向公厕，感觉到那股异味减少了许多。走到厕所前面，我们看见那个外地人在门口摆了一张桌子，他就坐在桌子后面，桌子上有一块纸板写着四个字：每次一角。我们觉得这事来得突兀，不过看到厕所里变得干净整洁，而且收费比别处少了一半，也就觉得每次花一角钱还是值得的。那个外地人很勤快，每天都要打扫冲洗公厕一两次。那些有钱人有时没散钱，一下就抛给他两角钱，很慷慨地说："不用找了！"好像大老板给小费似的。

  这样过去了一些时日。有一天早上，我们发现那个外地人没来"上班"。走进厕所，一片肮脏不堪，立即有人跳脚起来，骂了粗话。到了中午，我们终于知道了事情的缘由，原来那个外地人是个无业游民，到过我们圩尾街公厕几次，打起了它的主意。城里的厕所不是都收费的吗？他脑子一转，差点兴奋地叫出声来。于是，他把厕所打扫干净，然后理所当然地在入口处收费。但是昨天傍晚，他终于栽了——市爱卫会公厕办的一个干部路过圩尾街，一时内急，急匆匆向公厕走去，谁知在入口处被拦住了。"一角钱！"那个外地人有眼不识泰山，用一种"独家经营别无分号"的口吻说。此公乃全市收费公厕的最高管理者，不由大惊，迅速用手机招来派出所警察。还没查问三句，那个外地人一五一十就招供了，就被带到了派出所。

  我们很快打听到那个外地人涉嫌诈骗被治安拘留，可是待在恢复原状的公厕里，我们常常以怀念的口气提起他……

# 春天里的劳动

义务劳动似乎是和春天联系在一起的，所以春天一到，义务劳动的通知就下来了。

这回的通知是市里以文件的形式下发的，规格之高令人咋舌。文件号召各机关企事业单位积极行动起来，掀起义务劳动的新高潮，市里还将进行评比。紧接着，主管局也下发了文件，并且定下时间、任务。任务倒不怎么样，比如A厂的任务只是打扫东大街，要命的是定了人数，通知要求在职的干部职工必须人人参加，不得缺勤，以促进"人人为社会作奉献的时代潮流"。

A厂厂长老赵面对文件，短叹长吁，最后狠下一条心：瞒！他花钱雇了一批民工，穿上本厂的制服，由几个领导带上街去，而厂里的机器不停，照样生产……

B厂厂长老周面对文件，短叹长吁，最后狠下一条心：去！于是全厂人马轰轰烈烈开上大街，厂里的机器哑巴似的一台台静了下来……

后来老赵心里算了一笔账：雇民工花了几千块，厂里继续生产赚了几万块，划得来！老周也算了一笔账：上街劳动每人补贴五十元，花了几千块，厂里停产又少赚了几万块，他妈的！

但是不久，市里的专项评比活动揭晓了。B厂积极组织义务劳动，荣登先进单位榜首，老周理所当然是先进个人，而老赵雇民工的事传了出去，受到了有关部门的一个警告处分。在颁奖大会上，B 厂厂长老周从市领导手上接过来一面大镜框，心里忽然酸酸的，很不是滋味……

# 擦 鞋

国营皮鞋厂破产了,高和妻子同时失业了。面对茫茫的市场大海,两人无计可施,在家里面对面短叹长吁了几天,想来想去只好上街擦皮鞋了。这活儿本钱极少,不需培训,也不需申请,没有比它更好的主意了。

擦皮鞋的人很多,但毕竟穿皮鞋的人更多,所以生意还是有的。高做了十几年的皮鞋了,对皮鞋比别人更敏感一些,他一眼就能看出皮革的质量和工艺的水平,这使他很感慨,难怪自己厂里的鞋一双也卖不动。高和妻子擦鞋擦出了一流水平,很快在同一条街上的同行里有了知名度。

这条街的后面有个小区,号称富人区,常常有大款模样的男女悠闲地踱上街,他们是高和妻子最主要的顾客。有一天,高和妻子分别来了一个顾客,都是老顾客了,看着极眼熟。高一看皮鞋,不由发出惊叹:"你这鞋好啊。"那个戴着金手链的胖子得意地说:"当然,我在香港买的,名牌啊,六千多块。"妻子那边那个一手握着手机一手牵着一只小狗的瘦子往这边瞥了一眼,说:"我这双鞋是在意大利买的,一千三百美元,是美元不是人民币啊。"高笑着两边讨好:"是是是,你们都是名牌鞋。"胖子丢下五块钱,有些不高兴地走了。瘦子的鞋随后也擦好了,他掏出了十块钱,说:"我这鞋比他贵了一倍,工钱也该多一倍。"然后偏起头,大获全胜似的走了。

高和妻子眼睁睁看着这两个人的离去,高脑筋一转,一道灵感的火花轰地迸发出来……

第二天，高和妻子的擦鞋摊前竖了一块纸牌做的广告：

为了适应改革开放的新形势，

本摊不再实行统一收费，收费标准改革如下：

每双皮鞋三百元以下者，收费一元；

三百元至五百元者，收费二元；

五百元以上者，按鞋价的百分之一收费。

（鞋价均由顾客自报，请勿夸大）

广告牌刚竖好，就来了两个顾客。高和妻子一阵欢喜。一个头发留得比女人还长的小伙子看了看广告牌，掏出十块钱说："我这鞋一千元。"高说："看得出，是名牌。"另一个剃光头的小伙子嘴里哼了一声，他从口袋里拿出一大叠钞票，抽了一张"四人头"，高见状忙说："我没散钱找你。"光头小伙子霍地站起身，生气地把钱摔在地上，说："我这鞋一万元，你没见过是不是！"这两个小伙子刚走，昨天那一胖一瘦的老顾客前后脚又来了。瘦子还是穿着那双一千三百美元的皮鞋，他看了看广告牌说："对嘛，按价收费，打破平均主义的大锅饭。"胖子换了一双新鞋子，说："这样好啊，不然谁知道谁的鞋子值多少钱？"高和妻子埋头为他们擦起鞋子。最后结账时，瘦子掏出了一百二十元，说："美元一千三，差不多折人民币一万二。"胖子则掏出两百元，说："我这鞋也是一千三，"他乜斜了瘦子一眼，有意顿了一下，"不过是英镑。"他潇洒地丢下钱，同时也丢下恼怒的瘦子，咯噔咯噔地扬长而去……

真是出乎意料，高和妻子这一天里生意极好，收入破了记录——具体数目恕不公布，可以告诉大家的是，他们擦到的最贵的皮鞋折合人民币三万元……

# 电话杀手

办公室只剩下洪进一个人。

妻子到省里培训,他又恢复了单身汉的生活状态,每天中午在机关食堂吃饭,不用找借口提前下班,所以他总是最后一个离开办公室。

洪进正想着给哪个家伙打电话闲聊一阵子,电话却抢在他的动作之前响了,几乎把他吓了一跳。拿起话筒,里边是个很客气的男声:

"麻烦你叫一下谢自立。"

局里二十几号人没一个姓谢的,更没什么谢自立,洪进问:"你打哪里?我们这边没这个人。"

"这不是海福公司吗?"

"这是统计局。"洪进说着把电话挂了。接到打错的电话是经常的事,只是每一次都错得很单调,很乏味,不像文艺作品描写的那样,好像一错就能"错出一段美丽"什么的。洪进忽然想,我也打错一个电话看看,也许……他立即按了一个免提键,随意拨了7个号码,却是"空程空号"。他想了想,把自家电话号码的后面三位数调了顺序,电话拨通了。

嘟……第一声还没响完就有人接了电话,洪进心里暮地一阵紧张,然而他还来不及思虑什么,耳边已经响起了女人呜呜咽咽的哭泣。

"jin,你为什么连电话也……不打?你知道……我心里有多苦吗?我后悔不该……"

jin……进？晋？劲？生活里真有这么巧的事，洪进忍不住想笑，却又觉得这样对那女人未免有些残酷，便不敢作声，任由女人的哭声在耳边晃荡。"jin……我们谈一谈好吗……你为什么不说话……"

洪进张开口，却不知道说什么。平常他就不是一个巧舌利嘴的人，这时更显得笨拙，忽然大声地说："打错了。"就把电话啪地挂了，无意中用力过猛，话机发出了刺耳的声音。

这一错还真错得好玩，我一不小心成了人家的"jin"！洪进笑了。

第二天晚上正好是周末，几个老同学在外面聚餐，原来吃饭后还有别的活动，但洪进不想去，就找了借口回家。妻子上周回来过，说好这周不回来，9点后再通电话。9点后话费半价，可以多说几句话。洪进回到家才8点，他在沙发上坐了一阵子，掏出刚才在路上买的晚报，漫不经心地翻起来。忽然，"世象快递"专栏里的一条小报道抓住了他的眼睛。

昨日下午2时许，我市平和路发现一名余姓姑娘坠楼身亡。余某早年失去父母，她原在银行工作，去年因病在家休假。据悉，数月前，余某与男友口角，其男友远走广东，便无音信。余某神情恍惚，不思饮食，终日守着电话机。公安部门经过勘察后认为，余某系意外坠楼身亡。

洪进看得心惊肉跳，眼光盯在"终日守着电话机"上面，心想余姓姑娘也许就是他昨天上午"打错"电话的那个哭泣的女人。

可是，事情真的会有这么巧吗？他又有些疑惑了……对了，打个电话看看，不就明白了？他伸手去拨号码，不知为什么，手竟然有些发抖。

电话通了。嘟……嘟……嘟……一声又一声，每一声仿佛都无比漫长，电话那头那个哭泣的女人哪去了？洪进放下话筒，眼光不经意间又看见"终日守着电话机"那几个字，不由有一种莫名的恐惧。他一下把电话线拔了下来……

这天晚上，洪进做了许多噩梦，纷纷乱乱稀奇古怪。当他从梦中醒来时，已是一身冷汗，只依稀记得一个梦境：他拿着一杆枪，到处追杀女人，砰的一声，中弹倒下的却是一张轻飘飘的报纸……

洪进冲了个澡，坐在沙发上歇气。这时，门上一阵紧急敲打。开门一看，原来是同单位的小苏和老林。

"你怎么不接电话？！"老林凶着脸说，"快快快，你老婆车祸，正在医院抢救！"

洪进的心猛地一沉。

赶到医院，妻子已在弥留之际，她握着洪进的手，说："昨晚我一直打电话回家……一直没人接，不是约好了吗……我担心你出什么事，就跑回来……"原来，妻子临时决定回家，急匆匆赶上一部超载的中巴，谁知临近市区时，中巴车速太快，撞上了一部大货车……洪进想起昨晚是自己把电话线拔掉的，心里像是突然浇上了一盆硫酸……

# 球仔圆头

圆头头圆圆的,就像台球的一只球,而且是那只黑黑的 8 号。说起来,圆头还是土楼乡的一个人物呢。

十几年前,土楼乡出现第一桌营业性的台球,圆头是第一批着迷的人。他在家排老小,两个姐出嫁了,大哥在城里教书,爸妈事事宠着他。圆头常常逃学泡在球店里,跟人赌球,赢多输少,名气越来越大。有一天,他大哥回家来,拉他站定,就高高扬起巴掌。

啪!一巴掌。在圆头心里,却是一声砰,一只球子落入孔里。

"你呀你,像你这种人,有什么用啊?"大哥说。

圆头摸着火辣辣的脸,眼睛斜斜地瞄了他一下,就像在判断球子和落球孔是否成一直线。圆头说:"台球是一项体育运动,我每天锻炼身体,还能赚几十块钱,怎么会没用呢?"他大哥气得又扬起了巴掌,圆头说:"你当老师的,讲道理嘛,干吗动不动就打人?"

从此,圆头更加放肆地泡在球店里。有一天又在赌钱,有人去报派出所。圆头见势不妙,躲上一部即将开往县城的过路车,总算没被抓住。

到了城里,圆头沿街找起球店。看到一间球店,立即饿虎扑食一样扑了上去。"来几盘!"他像是阔佬点菜一样爽气地说。

有个独自打着球的中年人冷冷瞄他一眼,那神情仿佛是说你也会吗?圆头心里窜上一股火,看我打得你屁滚尿流。

老板走了过来．对圆头说："你正好给他当点心，他是县里的冠军。"

"咦？我怎不知道？"圆头故作惊讶地说，"先比几盘看看吧。"

两人便在球桌上乒乒乓乓打了起来。圆头连胜三盘。那冠军是县体委干部，他搁下球杆，连声说："太好了，太好了。"

圆头这下惊讶起来了。原来体委干部相中了他。经过短暂的培训，圆头被送到市里参赛，不费劲地得了冠军。不久，又到省里，在全国赛里夺得第二名。圆头在体委干部陪同下回到土楼乡，乡长和校长都出来接见他，握着他的手，夸奖他为乡里争光为学校争光。圆头见到他大哥，故意激他说："你说说看，像我这种人到底有没有用？"

# 秀水婆

圩尾街的秀水婆原先是很会说话也很爱说话的，看见一只鸡走过也能说七八句话。她出现在哪里，就把话带到哪里，好像一只饶舌而欢快的麻雀。可是三年前她丈夫病故之后，她的话就渐渐少了，好像秋寒里的树叶一片一片掉落。后来，她到聋哑学校当了校工，话更少了，甚至不再说话了，好像这辈子该说的话都说完了。有一天，她忽然回到圩尾街，跟人打招呼没有说一句话，只是打着手语。她手上拿着一叠冥纸，朝山那边比了比，大家终于明白她是专程回来给亡夫烧纸钱的。有人对她说，你儿子当局长啦，你怎么不跟着他享福？她浅浅一笑，没说什么。

她又回到了聋哑学校。除了丈夫的忌日和清明节，她都不出校门一步。每天天刚蒙蒙亮，她便走出那间栖身的小屋，给住宿的聋哑学生烧水做饭。米在锅里沸腾着，她提了扫把，开始清扫校园甬道。扫完回来，饭也正好煮熟。聋哑学生来了，她一手收取他们的餐票，一手给他们舀一勺稀饭，夹两块豆腐干或者萝卜条。学生们排着队，井然有序不吭一声，她也同样不用说话。这一切无声而默契，好像一部经典的电影默片。

卖完早饭，她把剩余不多的饭吃了，然后给校长室、办公室送去开水，把那里的桌椅细细擦过一遍，把地细细扫过一遍。学校出纳兼食堂总务把当天的菜买回来了，她就开始择菜淘米，准备午饭。午饭过后，她回到自己的小房间，吱一声把门关上，这是她一天里弄出的最后的声音。日子就这样，一天又一天，一年又一年，无声无息。

有一年清明节，她回来给亡夫扫墓，大家惊讶地发现她几乎不会说话了，好像舌头变得僵硬。她老练地向大家打着手语，看来在聋哑学校耳濡目染学了不少。她的手脚越来越不灵便，毕竟岁数大了，这样她就回到了圩尾街。大家常常看到她坐在老厝门前晒太阳，阳光把她脸上的皱纹照得纤毫毕现。那一道道皱纹金光闪闪，仿佛跃跃欲试想要说出它所知道的故事。有一天，她突然开口说话，这使大家感到很惊讶，好像她原来是个哑巴似的。她说她昨晚梦见了亡夫，那个死鬼，她一边习惯地打着手语一边艰难地说，他看不懂我的手语，真把我急死了！大家发现她的声音变得浑浊，咬音不准，好像口腔里堵了一口大痰。她哆嗦着嘴唇说，真把我急死了，他看不懂我的手语！

有一颗泪在秀水婆眼角边晃颤着。

# 哑巴的儿子

余英达是个哑巴，可惜了这么好的名字。

他三岁时因为一场热病变成哑巴。没多久，村里的拖拉机翻进山坑，乘客二死十八伤，死的恰恰是他父母亲。余英达咿咿呜呜哭不出声，转眼间成了孤儿。大伯无奈地收养了他，他好歹有一口饭吃，有几块破布遮身。

余英达五岁开始割猪菜、养鸭、放牛、拾粪，十二岁便上山下田，砍柴、采茶、插秧、割禾、晒烤烟，天天都有干不完的活，自然没办法念书。一个哑巴念什么书呢？余英达也不敢奢望。随着年龄的增长，他心里只有一个模糊而强烈的念头：有一天能够开口说话。哪怕只说一句话，让他死也毫无怨言。

村里有些孩子编了歌谣取笑余英达，远远见到他便放开喉咙大喊大叫：

余英达臭哑巴，

臭哑巴余英达……

有一次余英达突然变了脸色，揪过一个孩子，把孩子吓得哇地大哭，而他咿咿呜呜说不出话来，心里鲜血直淌。

大伯病故，余英达也长大成人，就独立出来自己过了。他承包了好几亩茶园，伺候皇帝一样伺候得无微不至。几年下来，卖茶的钱不多不少，

· 123 ·

也有了好几千，他开始想女人了，他想要是有个女人，日子就更像是日子。可是，谁肯嫁给一个哑巴呢？村里的孩子又编了歌谣取笑他：

余英达骚哑巴，

天天夜里想姑娘……

余英达听了，却不生气，只是一阵发愣。有人给余英达介绍了一个邻村姑娘，长得还有点样子，只是跟他一样，也是个哑巴。余英达不敢嫌弃，他还怕姑娘嫌弃呢。结果姑娘也不嫌弃他，两人很快就结婚了。

他们又承包了十几亩茶园，还掘了一口塘，哑夫哑妻出入成双，过着一种无声而默契的日子。村里有个孩子很快编了歌谣：

余英达公哑巴，

讨个老婆母哑巴，

生个儿子小哑巴……

那天，余英达听到两三个孩子唱着歌谣，开头两句他没什么反应，听到第三句，他的脸色陡地发青，牙齿上下不停地撞击着，他呜地发出含混的声响，猛冲过去，一手抓住那个为首的孩子的衣领，另一手颤颤抖抖直想狠狠摔下去。最后，他还是忍了，蹲在地上，咿咿呜呜地悲泣，脸上落满泪水。他想，他是个哑巴，老婆是个哑巴，要是生个孩子还是哑巴，那生孩子还有什么用呢？活着还有什么用呢？

第二年春天，余英达的老婆生了个大胖儿子，很能哭，声音嘹亮，把哑夫哑妻哭得心花怒放。但是，他们心头的阴影渐渐浓重了，儿子一岁了还不会说话！一岁半、两岁、三岁……儿子直到三岁还不会说话，他们流干了眼泪，跌进绝望的深渊。

有一天，三岁的儿子从外面蹦蹦跳跳回来，忽然开口唱起村里日益流行的童谣，声音怪腔怪调的：

余英达公哑巴，

讨个老婆母哑巴，

生个儿子小哑巴……

余英达霎时愣住了,继而明白过来,狂喜异常地搂住儿子,一种巨大的幸福感几乎使他窒息。

儿子能骂爸骂妈骂自己,儿子不是哑巴!余英达流出了一滴硕大的泪。

# 康师傅

康师傅没有他同名的方便面那么著名，他只是我们小巷里一个老光棍。

康师傅的年龄在五十岁至六十岁之间，他是一个扎鞭炮师傅。也不知道他干这一行当有多久了，他身上有一股很浓的硝药气味，闻起来差不多有五六十年的历史。

康师傅扎的鞭炮个大，结实，硝药充足，一般是不会有臭弹的。市面上的鞭炮有五十响、一百响，近年来发展到三百响、六百响、八百响，但是不多，往往需要订做，这一点康师傅可以满足你的需求。他有一年八月给一个准备八月八开业的港商扎了一串八百八十八响的鞭炮，看起来有箩筐那么大。

有一天，康师傅正在院子里扎鞭炮，一个气色很好的中年人闯了进来，他说你给我扎一串一千响的，后天就要用，多少钱由你说。

康师傅说行，你明天晚上来拿。

第二天晚上，那人来了。康师傅说，还没开始扎。那人差点跳起来，说，你怎么不守信用，不怕砸了生意！康师傅说，你的活我赚不起。

实际上那串鞭炮已经扎好了，就放在康师傅的床铺下。但是康师傅刚刚听说，那人就是冯镇长的堂弟，冯镇长乱七八糟的，大家都知道。冯镇长上个月被停职审查，可是据说查不到什么证据，上头决定后天把他放了，官复原职。他堂弟订做一千响鞭炮的用意很明白，无非给他庆贺庆贺，冲冲晦气，谁知在康师傅面前碰了壁。

过了几天，康师傅把这串千响炮送到正在办丧事的苏家，苏家不收。康师傅说，苏老师是好人，送他一串炮算什么！苏家要付钱，康师傅头也不回，大步走了。

过年过节，家家户户放鞭炮。整个小城几乎在炮声里下沉了三尺。可是这家家户户里边，唯一不放鞭炮的是康师傅。听着震耳欲聋的炮声，康师傅心里想，这炮有多少是我扎的啊，他们放了不就等于我放了吗？

这一年底，政府通过了禁炮令，决定从元旦起严禁制造、销售、燃放烟花爆竹。这一通告对我们震动很大，但是我们想震动最大的应该是康师傅，这简直就是砸了他的饭碗！康师傅却没有什么反应，仍旧每天忙忙碌碌扎着鞭炮，好像根本不知道禁炮令似的。

12月31日下午，康师傅从家里搬出一串比箩筐还大的鞭炮，把它放在小巷的空地上。不知他搞什么把戏，很多人都围上起看热闹。

康师傅说，这是我扎的最后一串炮了。

他把那串炮点燃了。作为扎鞭炮师傅，康师傅燃放了这辈子第一次也是最后一次的鞭炮。

炮声足足响了半个小时。我们想到从明天起再也听不到炮声，忽然觉得这最后的炮声还真有些动听。

空气中硝药的气味四处飘散，炸开的纸屑纷纷扬扬。康师傅说，明天起就不能放炮了。

康师傅说话的样子好像有些凄凉。

# 老同学三题

## 老 炳

老炳今年刚刚三十岁,他的名字已经有些历史了,大约要上溯到初中时代。老炳为什么叫做老炳,我一直不明白其中的奥妙,可能只是因为叫起来好叫吧。

老炳跟我是老同学,他从小不爱念书,也不捣蛋,看起来神情呆滞,谁也不知道他脑子里转的是什么念头。虽然学习成绩惨不忍睹,但老炳还是平平安安念完了高中。高中一毕业,问题就来了。老炳老大一张嘴,谁有办法填满它?老炳只好跟父亲学了理发。那时阵,幽幽暗暗的发廊开始星星点点地出现,外地来的小姐倚在门前用娇滴滴的声音召唤客人。老炳和他父亲的理发店生意一日不如一日。有一天,老炳给人理发,不小心弄破了客人的头皮。客人自然很不高兴,父亲也忍不住骂了他一句。老炳把手上的剪子丢在地上,委屈地说:"你以为我爱干这个啊?"

从此,老炳不干了,要么整天睡懒觉,要么整天在街上闲逛。后来听说老炳与人合伙走私香烟,出师不利,第一天就被抓了个人赃俱获。不久又听说老炳用自来水和色素兑制汽水,首先优惠价卖了一瓶给他小外甥,害得他拉稀,他父亲一气之下就向工商局举报了他。

有一天,我在街上遇到老炳。他说他要到外地学习人造蛋技术,我想起报刊上有不少这类广告，开玩笑说："你学成归来，市场上的鸡鸭蛋就要大跌价了！"老炳这一去，不知去了多久，我好长时间没看见他，也没听人说起他，仿佛在我们的"主流"生活里从来没有他这个人似的。

1996年年底，老炳忽然从外地回来了。他提着一只鼓鼓的塑料袋子来到我家，我问他："是不是推销人造蛋来了？""什么人造蛋？胡扯蛋！"他不屑地说，然后做出一种很神秘的样子，问我知不知道"安利"？我笑了起来，说这几天至少有十个人跟我说过安利了。老炳说："像你这种人放不下架子，肯定不想参加，不过这也好，你想买安利产品，我可以最优价向你提供。"我不解地问："安利不是统一定价吗？"老炳高深莫测地笑了一笑，从塑料袋子里掏出一瓶安利丝白洗衣液，说："这瓶原来要卖百把块，现在我只卖你二十块。"我老婆对安利产品印象不错，饶有兴趣地问："你不是开玩笑吧？"老炳认真地说："我不开玩笑，不过要把洗衣液倒出来，空瓶子还给我。"我们一下子明白了他的把戏：安利有无条件退货的承诺，他只要把空瓶子拿回去，照样可得百分之百的货款。出于对老炳这种钻空子行径的不满，我们谢绝了他的最优价。

然而老炳的生意一直非常红火，他广泛搜集空瓶子，把货真价实的安利产品倒出来，以最优价四处兜售。据说他最多一天卖了二十几瓶，有五百来块装入腰包。很快，老炳买了一辆摩托车，骑在街上神气十足的，听说还谈了一个女朋友。但是过了一阵子，安利取消了无条件退货的承诺，我觉得这几乎就是针对老炳的，老炳果然一蹶不振。又过不久，政府全面禁止传销，老炳便失踪了，至今没有消息。

## 老 天

第一次认识老天，好像是在一个同事的婚宴上。他说他是我小学同一届的同学，我一点印象也没有，看他一身名牌混得十分潇洒的样子，我岂敢高攀啊？他给我一张名片，一看就有好几个总经理、董事长的头衔。老天撩开外衣，露出裤头上挂着的火柴盒似的传呼机，说："我现在搞了几个公司，很忙，有空CALL我啊。"

再次见到老天是在街上，他手上拿着一把啤酒瓶似的手机。当时这样一把手机要两万多元，拿在手上确实很有些分量，值得骄傲——老天踌躇满志地东张西望，便看到了我，且十分亲切地叫我。走到面前，他立即递上来一张名片，说："我现在又搞了几个公司，很忙，有空打我手机啊。"

后来，我接连在不同场合几次碰到老天，每次都得到他一张名片，看到他拿着最新时尚的手机，显得日理万机的样子。"有空打我手机啊。"分手时老天总是这么说。

最近一次见到老天，他仍旧是一见面便递过来一张名片，我开玩笑说："我都有你七八个版本的名片了。"他转身便要走，回头说："我最近跟人合搞一个大公司，很忙，你有空给我发伊妹儿，我们网上聊聊天啊。"

所谓隔行如隔山，我一次也没跟老天联系过。前些天，突然想到至少已经半年没见到他了，心血来潮，把他不同版本的名片全部找出来，像扑克牌一样摆在桌上。我拿起电话，按名片上的号码一个个打过去，不是"用户欠费已停止使用"，就是"空程空号"，我不禁哑然失笑。

## 金　刚

金刚原名金志刚，中学时代立志成为杨朔那样的作家，便起笔名叫做金刚。十几年过去了，中国文坛始终没有升起一颗叫做金刚的星，原来他已经改行，在街上开了一家酒楼，当了总经理。

有一年元旦，金刚在酒楼请了五六个老同学喝酒，他摆了一桌子菜，大家边吃边聊。金刚听说我现在辞了职，待在家里写作，一面惊讶一面举起酒杯来敬我："你怎么搞起写作啦？现在文学不景气，我真佩服你的勇气啊，来来来，我敬你三杯。"我没想到金刚晚上会到我家来。他从手包里掏出一叠复印件，显得有些不好意思，说："这是我前些年发表的作品，请你看看，写得不好，你千万别笑话我啊。"我像老师一样翻开他的复印件，一目十行，发现金刚的作品种类很丰富，既有歌颂路灯的诗，也有赞美高楼大厦的散文，还有反映环境卫生脏乱差的读者来信。我一时不知从何说起，只好含糊地说："你的基础还不错，好好写，会有更大成绩的。"金刚叹了一声说："我退出文坛好几年了，不懂得现在的行情，加上办酒楼，忙得一塌糊涂，都没空写新作。你帮我看看，报纸、杂志有没有熟人，这些东西还能不能再发表一下，我觉得好几篇还是写得不错的。"我硬着头皮说："先放我这儿，有机会再说吧。"

不久，我参加市作协的一个会，大家感叹文学事业后继无人，我便不大正经地说起金刚的事迹，谁知作协杂志的主编听了，十分感兴趣，会后就要我带他去找金刚。老主编说："难得现在还有对文学这么热心的人，我想拉他来协办我们的杂志。"我觉得老主编"居心不良"，说："你可别害人啊。"我没带主编去找金刚，只给他金刚的电话地址，他自己去了，听说他们谈得十分投机。大概两个月后，我在作协杂志上看到了金刚的作品小辑，前面还加了老主编热情洋溢的评语，金刚的酒楼成了杂志的协办单位，金刚则是杂志的顾问。

一年下来，金刚旧饭新炒，那叠复印件的作品大都重新发表了一遍。听说他赞助了杂志若干万元，再不久又听说金刚痴迷写作，无心经营酒楼，生意一天天垮下去……

# 客子娟

客子娟是一个职业哭丧婆。据说现代文明越发达，人就越不会哭。不会哭当然不是什么了不起的事，如果你需要，你可以请人来替你哭。从这个角度来说，哭丧婆是市场经济的产物。

几年前，客子娟刚嫁到我们圩尾街时，说着一口让人听不懂的客家话，细声细气，谁也想不到几年后她号哭起来，竟是那样惊天动地。客子娟的丈夫多年来以赌博为生，有一次赌博时跟人吵嘴，动手将人打瞎了一只眼，便坐了监狱。客子娟本来就是没有任何经济收入的家庭主妇，带着三岁的儿子，这下子陷入了困顿。于是一个深夜里，我们便听到了她的号啕大哭，那哭声类似咏叹调，音域宽广，有一种空谷回音的效果，在圩尾街上空久久回荡。我们圩尾街有个专事殡葬业务的人听了半个晚上，心里十分赞叹，第二天一早就找上门去，介绍客子娟去当哭丧婆。

客子娟第一次出道是在吴科长老爸的葬礼上。只见她身穿白色长裙，从丧乐队后面大步颠出，像一只白色幽灵扑到棺材前的供桌下面，磕了个响头，然后猛地昂起头，一大把束着麻线的长头发唰地向上飞起。她张开嘴巴，呜哇一声，浑厚而又悠长，一下子直贯云天，把所有的听众震得一愣一愣。经过一年多的实践，客子娟逐渐摸索总结了一套哭丧的办法，好像电脑设定某种程序，需要的时候将它输出来就是了，方便、快捷，而且十分实用。一开始，她仰天长嚎一声，然后扑到供桌下，咚咚咚磕出几个响头,这叫做呼天抢地,先定下一个基调;一般说来,这时供桌上会出现一只赏赐的红包。接着,开始絮絮叨叨的哭诉,双眼含泪,凄凄惨惨,抑扬顿挫,这不是休歇,而是酝酿,所以叫做积蓄待发;这个过程不能太长也不能太短,太长丧家、观众注意力容易分散,太短则无法调动他们的情绪。客子娟心想差不多了,便蓦地拔高声音,犹如晴空霹雳,把空气震得四处逃逸,人心也一颤一颤,这就是哭丧的高潮,持续的时间视红包的数目而定。红包多,高潮也就势如破竹,气贯长虹,惊天地泣鬼神。高潮过后,渐渐转入尾声。对客子娟来说,尾声并不意味着草草收场,她总是有足够的耐心,絮絮叨叨哭出一种梦幻般的境界,让人沉浸在缅怀死者的悲伤之中。

  客子娟的名气越来越大,如果同一天有多户人家办丧事,要请到她还真不容易呢。请的人多了,赚的钱也就多了,客子娟跟儿子两个人过上了衣食无忧的日子,还能时常给远在千里外监狱里的丈夫寄上一些补品。客子娟打算多赚点钱,安心等丈夫回来,然而,她丈夫不安心改造,有一天越狱逃跑了,半路上因暴力拒捕,被公安人员开枪击毙。消息传到圩尾街,大家心想客子娟这下该是一场大哭了,谁知她只是发呆,无声无息。有好心人对她说,你想哭就哭,别憋在心里难受。她瞪着眼睛,怔怔地说,我哭不出来。一个职业哭丧婆死了丈夫,居然哭不出来,这使我们非常奇怪。但是第二天,客子娟到了顶街一个暴病身亡的老板的葬礼上,一泻千里,哭得死去活来,据说整整赚了八只红包。

# 避　祸

郭平定吃过晚饭，闲逛到村东头郭本杰的杂货铺里。郭平定一边咝咝作响地剔着牙，一边在货架上瞟来瞟去，转身要走，郭本杰一声叫住他："哎，平定，你怎么走了？我有话跟你说呢。"

"什么事？"郭平定回过头，只见郭本杰很认真地看着自己，就被看得有点不自在，说，"这样看我干什么？我又不是模特。"

郭本杰目光直直地看着郭平定，一脸正经地说："平定啊，你印堂发黑，鼻头赤紫，这两三天内恐怕有灾祸啊。"

"你……你别唬我啊……"郭平定听了心里有些害怕，郭本杰在村里开杂货铺，兼职算卦看相，不少人都说他挺神的。郭平定这几天本来就觉得不顺，儿子上学路上摔掉了一颗门牙，家里的十头猪病死了三头，听郭本杰这么一说，不由信了，连忙问，"真的吗？有什么补救的办法没有？"

郭本杰掐了掐手指，眼珠子转来转去地想着，说："办法嘛，很简单，你扎个稻草人，扔到公路上任汽车辗压，你的灾祸就转到稻草人上面，被汽车轧散了。"

"行，如果真能避祸，我到时一定来答谢你。"郭平定说完转身就跑，郭本杰叫也没叫住他，就在心里骂了一声：这鸟人！

郭平定回到家里，抱来了一捆稻草，做了一个稻草人，还找了一套旧衣服给它穿上，左看右看，觉得还真有点像另一个郭平定呢。趁着天黑，郭平定抱着稻草人走到公路上，把它扔到公路中间。

第二天一早，郭平定刚刚开门，门口就堵着两个警察，不由大惊失色。原来郭平定昨晚扔在公路上的稻草人造成了一起交通事故，一部大货车远远开来，快到稻草人面前时，司机误以为是一个活人，连忙紧急刹车，货车便打了个摆，把对面开过来的一部小工具车撞倒了，造成了三人重伤的惨剧。警察调查后认为这个稻草人是罪魁祸首，决定对制作、丢弃稻草人的郭平定依法拘留。

郭平定被拘留了十五天回来，心里狠狠地想：还真让郭本杰说准了，有一灾祸果真是有一灾祸，逃不掉就是逃不掉！他来到郭本杰的杂货铺，气冲冲地问："你不是说扔个稻草人就能避祸吗？倒害我被关了十五天！"

当时郭平定没给郭本杰一分钱，他心里早就不高兴了，现在又看郭平定上门来责怪他，便没好声气，说："我教你避祸术，你一分钱也舍不得花，你说这灵验得了吗？"

"我不是说过事后来答谢你吗？"郭平定说。

"事后就不灵了，你还来怪我？要怪也要怪你自己太小气。"郭本杰说着，呵呵笑了两声。

郭平定最容不得别人说他小气，郭本杰的怪笑更是激怒了他，就发狠地骂了一声："鸟人！"

"你骂我？"郭本杰跳了起来。

郭平定挥着拳头说："我还想揍你呢！"

郭本杰也不是好惹的角色，说："敢揍我的人还没出世呢，你是什么东西？"

郭平定不说话，就饿虎般扑上去，揪住郭本杰就打。郭本杰瘦弱的身子哪堪郭平定的暴打，连连求饶。郭平定正打得痛快，不肯停下手来，说："你说我有祸，让我做稻草人扔在公路上，倒真给我惹了祸，你说我有什么祸？"郭本杰被打得鼻青脸肿，心想：本来想敲平定几块钱，随口说他有祸，结果讨了一顿打，倒真是给自己惹了祸！

"你说我有什么祸？什么祸？什么祸？"郭平定打到最后，好像手也酸了，便打一下问一声。

郭本杰有气没力地回答说："你这样打我，我告到派出所，你不就有祸了吗？"

郭平定一听，愣住了，心想：有祸就是有祸，到底被他说准了！

# 尴 尬

钱老师教了二十几年的书，成绩是有口皆碑的，还先后发表了十几篇论文，但是他的高级职称一直没戏，这主要是因为僧多粥少，每次都照顾给"照顾对象"了。

最近，学校又来了一个高级职称名额，然而竞争者却有三个。钱老师的两个对手孙、李，条件比自己略逊一筹，他们的优势在于各有"秘密武器"：孙是分管副市长的表兄，李是教育局长的连襟。想来想去，钱老师很失望，然后失眠，第二天起床，脸色变得非常憔悴。

在医院工作的老婆笑道："不就个高级吗？愁什么！"便劝说他到医院检查一下身体。钱老师自己也觉得不适，下了课就去了。

晚上，老婆下班回到家里，突然在他面前嘤嘤嗡嗡抽泣起来。他感到蹊跷，莫非体检……强行从她包里取出医生诊断书，一看就呆住了。

诊断书写道：肝癌，晚期。

钱老师肝癌晚期的消息一下子传开。校长当晚就来了，握着他的手，很伤心的样子，说："你的职称我们会优先考虑……"钱老师躺在床上，垂死般不语。过几天，局长也来了，一边嘘唏不已，一边告诉钱老师，局里决定给他评上高级。钱老师苦笑道："我一死，这名额就可以空出来……真不好意思……"局长说："别这样说，安心休养吧，局里会尽快帮你联系一家好医院。"

局长走后，老婆对钱老师扑哧一笑，说："戏可以收场了，我导演得怎么样？"钱老师大惊失色，方才明白所谓肝癌只不过是老婆设下的骗局，立即从床上一跃而起，把她臭骂了一顿，然后就去上课了。全校师生都被他震得一愣一愣。钱老师也觉得非常尴尬，恨不得寻个地缝钻进去。

一向讲课十分精彩的钱老师，这节课彻底砸了，讲得结结巴巴语无伦次。下课回家，钱老师气势汹汹劈脸就骂老婆："你搞什么把戏？都说我快死了，让人家照顾了职称，而我却好好活着，你说我还怎么做人啊！"老婆说："没那把戏，你能上高级？"神情带着讥诮。

从此，钱老师逢人就解释，十足成了一个祥林嫂，他总是神情尴尬地说："我真傻，真的，我单知道肝癌，我不知道也会有误诊……"

# 都是捡来的

天还没亮，周大妈就起了床，在街上边走边做几个自编的体操动作，这是她多年来的健身方式。这天，她刚刚走到公厕门口，脚上突然踢到一团什么软软的东西，心里不由一惊，弯下腰一看，原来是一只包袱，借着淡淡的晨曦再仔细一看，包袱里露出一个女婴熟睡的小脸。

天哪，这一定是弃婴！可怜这小不点，酣睡中被狠心的父母扔掉，一觉醒来再也看不到亲人了！周大妈火烧火燎地抱起弃婴，心里叹息不已，转身就往家里走。

回到家里，周大妈检查了一下包袱，发现一张歪歪扭扭写着女婴出生日期的纸条，这时她看到女婴微微睁开了小眼睛，嘴唇嚅动着，发出微弱的呻吟声。周大妈立即反应过来，伸手在她额上一摸，哎呀，不好！像是烫手的山芋，这孩子病得不轻啊！周大妈没有多想，打开抽屉，把家里所有的现金一股脑塞到口袋里，抱起孩子就往医院里跑。

跑到医院里，大多数医生还没上班，周大妈急得团团转，不由大声喊起来："哪个医生行行好，快来看我这孩子！孩子快不行了！"这时，病房里走出一个戴眼镜的医生，向她问道："你孩子怎么回事？"周大妈像是抓到了一根救命稻草，连忙说："求你了，快快！我、我有钱！"

医生带着周大妈来到急诊室，为女婴做了检查，说："需要马上住院，你先到收费处交三千块押金，我这就给你安排病房。"周大妈愣了一下,她刚才还向医生宣称有钱,这下不敢吭声了,连忙走出急诊室,颠着小碎步跑到医院门口的杂货铺,操起电话就往女儿家里打:"阿莲啊,我在医院门口等你,马上给我送两千块来,这是救命钱啊,要快!快!"

五分钟后,周大妈的女儿周秀莲带着钱,雇了一部载客摩托车赶到了医院。母女俩以最快的速度办理了住院手续,跟医生一起把女婴送进了三号病房。由于抢救及时,女婴脱离了危险。那个戴眼镜的医生松了口气,对周大妈说:"你孙女没事了,放心吧。"周大妈搁下了心上的石头,到这时才顾得上擦了一把汗,她逗着床上的女婴说:"你瞧她多可爱啊,可惜不是我孙女。"医生有些惊讶,周大妈便把早上捡到这女婴的事跟他说了,医生连连赞叹:"难得有你们这么好心的人啊。"说得周大妈和她女儿周秀莲都有些不好意思。

正巧,这天报社记者到医院里找新闻,想搜集一些"讲文明树新风"方面的先进事迹,听那个医生提到了周大妈送弃婴住院的事,连忙跑到三号病房采访。面对记者的称赞,周大妈有些紧张,大半天说不出话来,把女儿周秀莲往记者面前一推,自己借机溜出了病房。记者抓住周秀莲不放,一定要她谈谈抢救弃婴的思想动机,周秀莲结巴了一下,说:"其实我也是我妈捡来的弃婴,是她从厕所门口把我抱回家养大的——"记者突然有些明白了,觉得周大妈真是太高尚了。这时,周大妈提着刚买的两包婴儿奶粉回到了病房,记者一定要她回答:"你为什么这样好心抚养弃婴救助弃婴,几十年如一日?"周大妈眼睛突然红了,低低地说:"其实我也是我妈捡来的弃婴,是她从厕所门口把我抱回家养大的——"

# 查无此人

我借用一个远房表叔的儿子的名字，招工到邮电局当了一个邮差，一晃已经十几年了。我一直跑圩尾街这一带，别说人，连圩尾街的小猫小狗我都很熟悉。这几年，信件量一年比一年少，据说这是时代进步的缘故，电话普及了，连捡垃圾的老太腰间都别了一只传呼机，写信就显得老土啦。在我看来，现在写信的只有两种人，一是军人（他们在军营里打电话可能不方便，而寄信是不用花钱的），二是中学生（他们喜欢交笔友）。圩尾街比较有通信往来的主要是8号的老邱，他有个儿子在河南当兵，常写信回来，还有一个23号的朱文平，他是一个业余作家，三天两头就会有报社给他寄个样报什么的。我不是吹牛，我闭着眼睛也能把圩尾街的信件分拣出来，所以当我看到这封信时，我第一个反应是：奇怪，圩尾街哪来9号？好像也没有一个姓袁的人？

可是这封信明明白白写着圩尾街9号袁小静收，下面是"内详"，字体很清秀，像是出自书法爱好者之手。

我跑圩尾街十几年了，从没见过9号门牌。老邱家是8号，右边7号是市总工会的老刘家，左边是一块像是垃圾场的空地，对面是卖卤料的老姚家，不是9号，却是10号。我再说一遍，我从没见过圩尾街有过9号的门牌。

我到了圩尾街，此信果然无法投递，只好贴上一张小邮签，写上"查无此人"四个字，带回邮件分发室。此信无法退回，因为上面没有寄信人地址，发信局邮戳只有第一个"江"字隐约可辨，也不知是江西还是江苏，我只好把它放到一堆年深日久的死信上面。

第二天分捡邮件时，我又碰到了"圩尾街9号袁小静收"，我拿出昨天的那一封信一看，字迹丝毫不差，心想这真是奇怪了！我到了圩尾街，给8号的老邱送了一封信，正好他本人在家，请我喝杯茶，我便坐了下来。

喝着茶，我便问老邱："你们圩尾街从来没有9号门牌吗？"老邱说："有啊，就是我家左边这块空地。"我暗吃一惊，说："怎么没房子呢？"老邱说："有啊，二十年前一把火烧了。"我说："那人家是不是姓袁？家里有没有姓袁的人？"老邱说："没有啊，主人姓庄，连老婆也是姓庄。后来他们就全家迁走了，也不知到哪里去了，你打听这个干什么？"我说："没什么，随便问问。"

我又在那封"圩尾街9号袁小静收"的信上写上"查无此人"四个字，带回邮件分发室，打发到那一堆死信上面去。这之后的几天里，我有一次经过派出所，心血来潮就到了户籍科，找到一个熟人，让他查查"圩尾街9号"的情况。谁知他搬出一堆小山样的案卷，很快找到了"圩尾街"那一本，却怎么也找不到"圩尾街9号"。这位老兄说："我接手户籍档案没几年，平时也懒得动它，听说明年要上微机管理，那就方便多了。你查这个干什么？"我说："没什么，随便查一查……"这时有一个电话找他，我话不用说完就告辞了。

接连几天，我都遇到了"圩尾街9号袁小静收"，我想也没想就签上"查无此人"，放到那堆死信上。今天，我又分拣到一封袁小静的信，心想到底是谁如此孜孜不倦地给袁小静寄信？从不留下地址，连发信局邮戳也不让人看清！我拿起信件，照着光线往里面看，只能看到一张折叠的白纸，好像写满了字，可是一个字也看不清楚。我真想当场把信撕开来看个究竟啊！送完信件回到局里，有人告诉我领导找我，我便去见了我们的新局长——他原来是邮电局副局长，不久前电信与邮政分家，他便当了邮政局局长。新局长见到我，显得很客气，说："老何啊，十几年了，工作很不错啊……这个这个，最近我们根据市里的指示，准备接收一批下岗工人上岗，充实投递队伍……这个这个，我们邮政的效益不大好，你也是知道的，局里就准备精减一些人……这个这个，我查了一下当初的招工档案，怎么没你的名字啊？"

我一听，脑袋里轰了一声。

下面的事情简单一点说吧，我当时招工时确是借用了一个表弟的名字，后来才改了过来，所以原始档案里没有我的名字，也就是说——查无此人。我无法争辩，也不想争辩，很快就被邮政局辞退了。你说这事情是不是很可笑，我明明干了十几年的邮差，到头来却是"查无此人"！我离开邮政局时，偷偷夹带了一封"圩尾街9号袁小静收"的信出来，这使我觉得我虽然被辞退了，但我还是有收获的，我的好奇心瞬间快要胀破了。我急急忙忙回到家里，撕开袁小静的信，可是里面只有一张白纸，什么也没有。你说世间上还有如此奇怪的事情吗？信不信由你。

# 该死的助听器

老顾的岳父岳母都是退休的中学教师,老两口住在老城区的一幢老房子里。他们是四十几年的老夫妻了,没什么钓鱼、打牌之类的爱好,最大的"浪漫"就是每天两人一起上街买菜,然后一起回家,打开电视,一边看着一边闲聊着一边做着家务。老两口当年都是学校里有名的"铁嘴",你一言我一语,总有说不完的话题。退休八九年来,他们几乎每天都是这么过的,其乐融融。

有一天,老顾来看望他们,发现老岳父和老岳母精神状态都很不错,脸色好,说话底气足,脑子里信息多,对现代社会生活并不太隔膜,可就是耳背,听不清楚对方的说话。比如老岳父说:"你听说了吗,我们原来教研组的老孙头,他孙子在美国拿了博士?"老岳母回答说:"是啊,去年还三千九,今年就降到了三千三。"老岳父又说:"这孩子十来年前还打破我们家一块玻璃,现在都是博士了。"老岳母接着说:"价格战好啊,老百姓实惠。"老顾听到他们的对话根本就是"牛头不对马嘴",这哪是对话?自言自语嘛。更多的情况是,老岳母不停地说着什么,老岳父一句也听不见。老顾回到家里,跟老婆提起这事,说:"我过几天到杭州出差,给他们每人买一只助听器,省得他们朦朦胧胧半天说不清一句话。"老婆说:"嘿,你还想得真周到。"

老顾从杭州回来,给老岳父老岳母送去了助听器,他们高兴地收下了。但是第二天，老顾就听说老两口吵了一架，心想，怪了，这可是"开天辟地第一回"啊！连忙和老婆跑去看个究竟。

老岳父看到女婿和女儿，沉着脸说："老婆子不知哪里听来的小道消息特别多，一整天唠叨个不停，我听了心烦。"说着，他摘下了助听器，丢在了茶几上。

老岳母也在房间里赌气，对女儿女婿说："老头子呀，总爱抓住我的话柄，追根究底。有的事我也是听别人话头话尾说的，也不是很清楚，他就怪我说话不肯说完，存心让他猜谜。"说着，她也摘下了助听器，丢到了桌上。

老顾和老婆分别好言好语跟老岳父、老岳母说了些话，走了。从此之后，他们每天都要来一趟，因为老岳父和老岳母一吵嘴，就会有一方打电话告诉他们。老顾和老婆百思不得其解，老两口原来多和睦啊，现在怎么动不动就"炮声轰轰"？突然，老顾醒悟过来，直奔老岳父家，对他们谎称，公司要收回助听器，进行售后服务检查。老顾拿着助听器回家，老婆不解地说："他们耳聋得厉害，你还拿回助听器，这下他们怎么办？"老顾笑而不答。

几天过去了，没听说老两口吵嘴，十几天过去了，也没听说老两口吵嘴。老婆终于明白了老顾"没收"助听器的用意：原来都是助听器惹的祸啊。老顾说："他们早已习惯'朦胧对话'，你朦胧我朦胧，一下子清晰了，反而不习惯。"他跟老婆到了老岳父家一看，嘿，老岳父和老岳母又回到了从前那种"朦胧"的状态，牛头不对马嘴地搭着话，或者自个儿地说着什么，一幅和睦愉悦的景象。

# 纪念品

　　市里批准成立废品收购同业协会，再新物资公司总经理华林被内定为会长，负责筹办成立仪式。

　　请柬发出去了，会场布置好了，公司办公室主任老肖突然闯进华总办公室，有些结巴地说："差点忘了纪、纪、纪念品。"

　　"明天就开会了，你还没准备纪念品？"华总说。

　　"我真不知买什么好，华总您拿个主意吧。"

　　"预算也就五六十元，买什么好呢？衬衫、皮带、文件包……"

　　"买文件包好了，大众化一点。"老肖说。

　　"文件包？"华总突然惊喜地说，"有了，前几天不是从市委机关小区收购了一大批文件包吗？"

　　老肖想起来了，前几天市委机关小区里有三十几个处级干部乔迁新居，公司上门服务，收购了好几吨的东西，其中有旧报纸、旧挂历、旧鞋子等等，还有蒙尘已久、从未使用过的文件包一百多个。

　　华总带老肖来到公司仓库，找到那堆当废品收购来的文件包，认真一看，全都是"××会议留念"或者"××培训班留念"。华总拿起上边的一只，一手擦去尘埃，说："你看，还是新的。用它当纪念品，物尽其用，完全符合我们公司和协会的精神。"

　　"这行吗？"

"我看行，"华总说，"用灭字灵把字涂掉，然后印上新字，不就行了吗？"

"可是，袋子大小不一……"老肖发出了疑问。

华总眉头一皱计上心来："用密封的礼品袋装起来，谁还知道大小呢？"

老肖连声称是。

第二天，废品同业协会成立大会上来了许多嘉宾，一共发出纪念品123份，那堆当废品收购来的文件包正好是123只。

大约半年后，这123只文件包又有50多只"重返"公司，华总发现它们都还很新，"废品收购同业协会成立大会留念"那两行字还很清晰。华总准备把它们归类收集起来，明年协会成立一周年时再当作纪念品用。

# 网上的爱情

"我去加班。"康浩走到门边，好像下了很大决心，扭头对小苹说。

坐在沙发上的小苹漫不经心地翻着一本时装画册，她似乎没听见丈夫的话，脸上没有任何反应，眼光在画册上瞟来瞟去。

康浩没再说什么，开门走了。

他们结婚三年多了，彼此之间无话可说，仿佛这辈子该说的话都说完了。白天他们都上班去了，晚上回到家里，一起动手（这样就杜绝了小苹对他的唠叨）做几个简单的菜，吃完之后看电视，看完之后就睡觉。日子倒也平平安安地过去了。

不久前，单位里的电脑上了网，康浩开始主动频繁地加班。打开电脑，一通滴滴答答的输入，面对屏幕上蜂拥而至的信息，他紧张得有些气喘，好像初恋时第一次拥抱女朋友。电脑上信息奔流不止，他不用开口说话，只需敲敲键盘就可以随心所欲无拘无束地漫谈。前几天，康浩在聊天室注意到这么一条信息：一只寂寞的蝴蝶能否飞入你的窗口？他心里有什么东西被轻轻拨弄了一下，立即从脑子里蹦出诗一般的句子。他的手指有些颤抖地迅速键入：我是一幢老房子，所有的窗户都敞开。

这样，他们就在网上认识了。昨天，康浩吃过晚饭便小跑步来到单位办公室，打开电脑"紧急寻找寂寞的蝴蝶"。十几分钟后，蝴蝶翩翩飞来。他们像是阔别重逢的故人，在网上热烈地交谈起来。先是谈了一会儿天气，接着话题便转入婚姻和家庭之中，这是最富有可谈性和挑战性的话题。感谢网络，使他们避免了传统式交谈的不便与尴尬。他们彼此都发现，他们比任何时候都更真诚更有激情更有勇气更有思辨力更有宽容心。他们互相亲切地称呼网名：蝴蝶和老房子。

蝴蝶说：我和他已经无话可说，我从内心里厌倦了婚姻。

老房子说：也许是你错了，一开始就对婚姻期望太高。

蝴蝶问：我如何改正错误？

老房子的答案模棱两可：离婚或者凑合，这是一个问题。

康浩匆匆来到单位，打开电脑，只见屏幕上像是大集市似的热闹非凡，有小歪找人侃足球，有布衣神相找人聊股票，有"一颗驿动的心"呼唤"车站"……康浩带着隐秘的冲动，心急火燎地寻找蝴蝶。终于，蝴蝶出现了。

康浩不由分说地键入：蝴蝶，我想见你！

蝴蝶说：我们此时不是在见面吗？

康浩说：不，我想见到你真实的脸。

蝴蝶说：为什么？

康浩说：你重新点燃了我对生活的热情。二十分钟后，电视塔入口处，不见不散，手上都拿着一份今天的晚报吧！

康浩关上电脑，急步走到街上，拦了一部的士直奔电视塔。

电视塔四周灯光灿烂，康浩找了一个比较隐蔽的地方站住，看了看手表，时间差不多了。他焦急地向来路张望，心里充满一种迫不及待的感觉。自从结婚以来，他再也没有过这种感觉了。现在这种感觉使他觉得生活其实还是很美好的。这时，他看到一部的士开过来，一个年轻女子走下车，她手上拿着一份晚报，红红的报头很醒目。康浩一阵激动，正想迎上前，但是再定睛一看，他猛地惊呆了。

那女子是小苹。

# 讨债记

表哥上门来，要我跟他一起去讨债。我说："你是想找个人壮胆吧？我全身的肉剥下来还不够人家一顿点心，你还是到黑道上雇个杀手来得省事。"表哥凄然一笑，说："我现在一点心情都没有，你还跟我开这种玩笑？"表哥说："我不是要你去打架，你能说会道，我是要你帮我说说话。"看着表哥一脸憔悴，我恻隐之心大动，干脆地点头答应。

五年前，表哥把一家人省吃俭用准备买房子的八万元和四处借来的四万元，一共十二万元，借给了他一个叫做老坤的老同学。那天，他还兴冲冲跑来告诉我，说老坤是办大事的人，跟书记县长像兄弟一样，有钱快拿到他那边去存吧，安全可靠，而且——月息三分！存钱的人快挤破门槛啦！表哥说："我跟老坤是老同学了，我介绍你去，他一定先收你的钱。"可惜我自从辞职以来，有时吃饭都成了问题，哪有闲钱去赚老坤的三分月息？我开玩笑对表哥说："等我发了财，再拿一百万存老坤那边，我就不干了，靠利息潇洒了。"表哥大约在老坤那里领了半年的利息，就再也领不到一分钱了，老坤说办了一座酒楼和几个厂，都亏本了，本息先欠着，以后再说吧！表哥的梦想破灭，一下子陷入了困境。我是知道的，这几年来表哥一家人日子过得很狼狈，全是因为那该死的十二万。对有些人来说，十二万不算什么了不起的钱，可是对表哥一家四人来说，他们甚至没信心在这一辈子挣到这个数。

我跟表哥出门往老坤家走去。走到半路上，表哥突然不吭一声，转身跑进一间水果店。我发现他没跟上来，回头找他，看到他从水果店走出来，手上提着一袋子苹果，我惊讶地问："你还给他送礼？"表哥说："应该应该，我上次给他送了两条阿诗玛，现在没钱，只能买点水果了。"我也知道这世道变化快，欠债的不怕债主了，但债主还得给欠债的送礼，尚是第一次见识。

老坤是我们这座小城的名人，有企业家的头衔，他家是富强路最高的五层建筑，是小城改革开放二十年的标志性建筑之一。表哥摁响了老坤家的门铃，大约五分钟后，才有个人过来开门。表哥赔着笑脸说："我来找老坤，我是他老同学。"开门的人面无表情，掉头就走。表哥很有经验地对我说："老坤在家，我们走吧。"我们就进了老坤家，迎面是一间空空荡荡的房间，地上乱扔着几只纸箱。走上楼梯，来到二楼，方才发现这里别有一个天地，完全是电视上经常看到的那种有钱人的客厅摆设。有个人坐在皮沙发上打电话，他就是老坤，我在有线电视上面见过他，天生一种大老板的样子。老坤不耐烦地对电话说："就这样，少啰唆。"然后就挂断电话，抬头对表哥说："老田，你又来了？"表哥受惊似的向老坤哈了哈腰，咧嘴笑着说："我顺路从这里过，就上来看看你。"表哥说着，把手上的水果袋子放在茶几脚下。老坤看也没看一眼，从口袋里摸出一本电话本，一页一页地翻着，突然说了一声："坐吧。"表哥欣喜地在沙发上坐了下来，回头示意我也坐下。老坤在电话本上找到某人的号码，就开始拨电话。电话通了，许久没人接。老坤生气地压下电话说："这鸟人看到是我打的电话，就不接，干你姥！"表哥用一种讨好的口气对老坤说："你打的是手机吧？他可能没带在身上，人机分离，就不知道有电话了。"老坤愤愤地说："现在的人哪，一个比一个势利！当初是怎么求我的？现在居然躲着我！"老坤站起身，说："老田，我要出去一下，你明天再来。"表哥连忙站起身，连声地说："好好好。"拉起我便走了。

出了老坤的家门，我真想问问表哥，你不是来讨债的吗？怎么一个钱字也没说？听到表哥一声叹息，我不想刺激他，也就没问了，只是在心里陪着他叹了一声。

# 骂人更值钱

老齐搞了将近十年的文学，大大小小的作品发表了上千篇，也出过了两本书，他觉得自己的成绩不算小了，可就是没什么名气，这使他一直很烦恼。这些天，他越想越是上火，脸上都钻出了年轻人才会有的红疙瘩。这天，多年不见的老朋友老李突然来到家里，听说了他的情况，开口就数落他："你也真是不开窍，不会找钱老给你搞一篇评论？晚报、省报先发表一下，再拿到别的刊物上发一发，你不就出名了吗？"

老齐心想，说的也是，钱老是全国著名的文学评论家，理论界权威，他要是肯写文章称赞你，你不出名才怪呢，至少也在圈子里走红，但是问题是，钱老会轻易为人写文章吗？老李说："钱老当然不会随便给人写的，都什么世纪了，他才不傻呢！我听说，钱老是根据用词的分量轻重收费的，比如，他说'老齐的作品是几十年来中国文学的巨大收获，是具有里程碑意义的经典精品'，收费1万2；要是他说'老齐的作品实在不可多得，是近年来中国文学的杰作之一'，收费1万；如果是说'老齐的作品是今年中国文学最优秀的作品之一'，收费8千。我说你呀，也别吝啬那几个钱，你要是出名了，那可是无形资产啊。我邻居老王的老婆正好在钱老家里当保姆，我可以帮你通通门路。"老齐想了想，一咬牙说："那我就搞一篇8千的吧。"

老齐通过老李，而老李又通过邻居老王的老婆，总算间接地找到了钱老，送上自己的两本书和几篇文章的复印件，还有一只8千元的红包。

十几天之后，老齐突然在晚报上看到钱老的一篇文章，一下子呆住了。文章的题目赫然是《无耻而糜烂的写作——评老齐的作品》，通篇文章充满嘲讽、谩骂，把老齐的作品批得体无完肤，一无是处。老齐心想，我花钱可不是请你来骂我啊，这不是太欺负人了吗？老齐一气之下，也顾不上什么了，就直接找到钱老家里讨个说法。

钱老好像有些耳背，问了三次才搞清楚老齐不是"老徐"。老齐斗胆地说："钱老，你太过分了吧，把我的作品——"

"对了，我想起来了！"钱老突然一拍大腿，打断老齐的话说，"我把你和老徐搞混了，没有捧你而是骂你，按照行情，你还得补交7千元。"

"骂我还要我再给钱？"老齐几乎跳了起来。

"难道你不知道吗？现在评论界骂人更值钱，我骂人一次，最低收费是1万5，你托王妈才拿来8千，所以还要补交7千。"钱老说着，和蔼可亲地拍了拍老齐的肩膀，"被我骂过的人出名快，影响大，我这收费实在不高呀！要不是搞错了，我还不想骂你呢！"

老齐怔怔地想，也许钱老说的也是，只要能出名，再花点钱也是可以的。但他还是有些不放心，便问钱老："被你骂了，真能更快出名吗？"钱老高声地说："这还用问吗？王二、张麻被我大骂了一顿，现在不是天下闻名吗？不过，我还有个让人出名更快的秘术，收费高了点，还不常用，效果绝对的好。"

"请问那是什么秘术？"

"就是请我跟你打官司，到法院告你毁谤侵权之类的，收费5万，你若有兴趣，给你打8折优惠，只收你4万好了。怎么样？想以最快的速度出名吗？只收你4万！"

老齐眼瞪得老大，不知说什么才好。

# 世象快递二题

## 幸亏没文化

钱一教授退休后，不肯在家休闲，仍旧风风火火，到学校、厂矿、机关四处讲演发言，呼吁全社会关心教育，关心全民族文化素质。"一个文化素质低下的民族，终将被现代化的大门拒之门外！"钱一教授常常以此作结，手有力地往上一挥，目光激奋，满脸肃然，叫人久久难忘。

一日，教授到工读学校演讲，回家发现房门大开，彩电、影碟、音响不翼而飞，抽屉的活期存折不见了，连一只旧手表也被拿走了。钱教授心里大骂盗贼，眼光转到墙上，那幅唐伯虎真迹还在！不由大松一口气，论价值，这房子加上房子里的一切，都还没它的零头呢！钱教授忽然觉得虚惊一场，连连对自己说："还好还好，幸亏小偷没文化！"

## 忘记签名

钱二出了本小说集，从出版社拉回来包销的3000本书堆满房间，巍巍泰山似的。几个月过去了，泰山还没缺一个角。钱二心烦地想：亏已经亏定了，反正……于是，他开始有点无节制地向人送书，熟人送，半熟人也送，甚至陌生人也送，只要有人读它就行了。

一日，家里来了一个多年未联系的老友，此人原来是文学爱好者，后来听说下海了，看样子混得不错，一身都是名牌。该老友前来打听几个老同学情况，临走时，钱二拿了本书送他，他说谢谢，便放进了包里。出门没多久，又调头回来，说："你忘了给我签个名。"钱二激动地拿过书，签上大名。该老友不好意思地说："你签了名赠送，我老婆就不会说我乱花钱买书了！"

# 夫妻气象学

他是学气象的,她是学新闻的,单从专业来看,牛头不对马嘴,但是正如某个大人物说的,世间万物都存在着千丝万缕的联系。他们之间最重要的两条关系就是,他的一个高中同学是她的大学同学,她的一个表弟是他一个室友的朋友。于是,他们就联系上了,然后就恋爱上了。

毕业后,他们就一起来到了马铺。郑立进了马铺气象台,杨洁分配到《马铺日报》,都是专业对口,皆大欢喜。

故事的开头就是这么平庸:他们结婚了,两个人忙工作,忙事业,一晃几年过去了,忙得顾不上生孩子,倒是职位在忙碌中一再升迁,郑立当上了气象台副台长,杨洁也成了新闻部副主任(说明一下,主持工作哩)。

这几年,天气变化反复无常,开始变得很有些小人的味道。杨洁也不知从哪天开始,形成了出门前向郑立问天气的习惯。

"哎,你说今天会不会下雨呀?"

"我们台预报是,今天天晴,不会下雨。"

结果是,杨洁没带雨具就出门了,采访途中被一阵突如其来的暴雨浇成了落汤鸡。

"哎,你们台好像预报今天要降温?"

"是呀,强冷空气来了,今天可能降温5到10度。"

杨洁在出门前犹豫了一下，还是换下那件薄薄的裙装，穿上了报社统一发的厚厚的西装裤子。结果来到办公楼里，人家都是花枝招展的春天，她却是一身暮气沉沉的严寒，好像刚刚从西伯利亚出差回来。有小姐妹调侃她说，嘿，肯定是你气象台的老公告诉你了，今天要降温了。她社论般地说，是呀，今天要降温。可是一上午艳阳高照的，到了中午在报社用餐时，有男人都脱了只穿着背心，她却还是厚厚的一身呢装，身上流出的汗水都快成一条泥河了。但她心里还是默默地期盼着奇迹的出现：突然乌云密布，天色转暗，冷风从天而降，那些轻装短打的人们一个个冷冷地哆嗦起来，这时她就可以趾高气扬地在大家面前幸灾乐祸了。降温了是不是？多穿衣服不感冒，你们就等着回家吃药吧！然而，奇迹一直到太阳下山了也没出现，那天的结果是，她快闷成罐头鱼了。回到家里，杨洁气鼓鼓地脱掉外套，摔在床上，问着郑立说，都是信了你的预报，什么今天要降温，害我穿得这么多，人家还以为我脑子发烧了。郑立一声轻叹，说天气是变化无常的，预报嘛，差错总是难免的。杨洁从鼻孔里哼了一声，显得很轻蔑地说，难怪现在的人都不相信你们马铺气象台的预报，说你们不是天气预报而是天气竞猜。郑立一听也不高兴了，感觉到职业的尊严遭遇了忍无可忍的损害，愤愤不平地反击说，你们那报纸也好不到哪去，上次某某领导来马铺视察，明明是个阴沉沉的日子，你却写成"春风浩荡，阳光明媚"！

两个人就这样因为天气的缘故陷入了一场冷战，而此时的天气，却是一日比一日暖和。马铺气象台说了，今年春节将是个暖冬。《马铺日报》也说了，气候变暖是个全球性现象。临近春节，开始有点春天的气象了，偶尔有春风徐徐拂面，两个人的冷战也结束了。杨洁在商场看上了一件貂皮大衣，她几次做梦自己穿上了这款新颖的貂皮大衣，显得多么高贵华丽。她决定把它买下来作为今年的过年新装。

但是郑立强烈反对，反对的理由非常专业，他说："今年过年马铺将持续高温，预计在8到18度之间，你那貂皮根本派不上用场的！"

"我早不信你那气象竞猜了。"杨洁撇撇嘴说。

杨洁把心爱的貂皮大衣买回了家，她想，今年过年，她将是全马铺穿得最华贵最得体的女人。谁知，春节到了，马铺果然是天天暖洋洋的，像夏天一样，杨洁的貂皮实在无法穿出来向马铺人民展示，这使得她心情郁闷，感觉到老天是有意在为难她。偏偏这时，郑立又风言风语的，时不时来一句，你的貂皮怎不穿啦？可能晚上会降温啊。

一连几天，杨洁对降温终于死了心，这种感觉有点像是对郑立的感情。有一天下午，她突然打的前往厦门机场，搭上飞机飞往遥远的漠河，她的行李箱里装着她心爱的貂皮大衣。毫无疑问，到了中国最北端的漠河，这貂皮肯定派得上用场。

故事的结尾是，杨洁穿着貂皮大衣，一边在冰天雪地里漫步，一边给郑立打电话说，你拟个离婚协议吧。这个故事的结局令郑立有些意外，就好像这些年的气象一样，难于猜测，捉摸不透。